우리,

희
나

우리, 희나

내 안의 다정함을 깨우다

오한숙희
지음

나무를 심는 사람들

언제나 유쾌하고 긍정적인 에너지를 뿜는 내 친구 오한숙희. 그런 그도 둘째 딸 희나가 자폐 판정을 받은 이후 꼼짝없이 다른 엄마들처럼 세상이 강요하는 근죄감(근거 없는 죄책감)에 시달리며 온갖 좋다는 치료법에 매달려 왔다. 하지만 성인이 된 희나를 보면서 그는 문득 깨닫는다. 희나가 말을 제대로 못한다고 안타까워했을 뿐 자기만의 감정을 소유한 엄연한 개인이라는 사실을 외면해 왔다는 것을. 놀랍게도 희나의 감정을 함께 느끼려고 애쓰는 순간 엄마는 자신의 딸을 완벽하게 이해할 수 있었다. 개성 넘치는 청년 화가 희나는 그저 조금 다르고 조금 느린 사람일 뿐이었다. 이제 엄마에게 필요한 건 불안이 아니라 기다림, 그리고 넉넉한 칭찬이다. 드디어 그토록 바라 왔던 평화가 일상이 된 딸과 엄마의 하루하루가 너무 아름다워서 눈물이 난다.

- 박혜란, 여성학자, 《믿는 만큼 자라는 아이들》 저자

자폐인과 가족이 진정 자유로워지는 길은 무엇일까? 두 가지다. 첫째, 자폐인이 '지체'된 것이 아니라 자기만의 속도로 발달함을 알고 그 속도를 존중할 것. 둘째, 포용적이고 지지적인 공동체를 만들 것. 참 좋은 말이지만 글쎄? 자본과 속도에 중독된 우리 사회에서 그게 가능할까?
유명인이었던 저자는 딸 희나의 자폐를 '극복'하려고 온갖 노력을 기울이다 쓰디�쓴 상처만 안고 제주도로 내려간다. 그리고 자연과 평화가 깃든 그 섬에서 자녀만의 속도가 있음을 깨닫고, 희나를 '우리'의 일부로 받아들여 그의 자리를 마련하려는 이웃들을 발견한다. 때로는 눈물을, 때로는 미소를 자아내는 이 지극한 사랑 이야기는 왜 장애가 불행이라는 도식이 성립할 수 없는지 들려준다. 조근조근 정겨운 목소리로 귀를 울리고 마음을 적신다.

- 강병철, 소아정신과 전문의, 번역가

빛의 속도를 가진 달팽이, 원시와 미래 두 세계의 주민, 초미세 예민센서를 가진 고양이, 목욕탕에서 나온 고갱. 발달장애를 가진 둘째 딸에 대한 저자의 묘사다. 이 책은 장애아를 키운 엄마의 평범한 육아기가 아니다. 내가 사랑하는 사람이 남들과 너무 달라 '언어'를 매개로 소통하지 않는 사람일 때, 그이의 시각과 청각, 뇌를 이해해 나간 톡톡 튀는 사랑의 여정기다. 저자는 그 여정을 통해 우리 희나에게 장애가 있지만, 그녀의 다름까지 장애는 아니라는 것을 이해시켜 낸다. 나와 너무 다른, 그러나 내가 진심으로 사랑하는 사람을 이해하고 싶은 독자들에게 권한다.

- 조수진, 변호사, 알릴레오 북's 진행자

어릴 때 본 희나는 천하의 떼쟁이였다. 그래서 재능 넘치는 숙희가 안쓰럽고 아까웠다. 아이가 조금만 손이 덜 가면 숙희는 세상에 꼭 필요한 일들을 더 많이, 더 훌륭하게 해 낼 텐데… 그런데 이게 웬일인가? 최근에 본 희나는 '행복한 뽀뽀쟁이'로 변해 있었다. 마구잡이로 소리 지르던 아이는 간데없고 시도 때도 없이 숙희를 껴안고 얼굴이 침범벅이 되도록 뽀뽀 세례를 퍼부었다. 도대체 무슨 일이 있었던 걸까?
그 답이 이 책에 고스란히 담겨 있다. 읽는 내내 속상하다가 속 시원하고,

가슴 뭉클하다가 결국에는 울어 버렸다. 여기까지 오기 위해 두 모녀가 보낸 32년 세월이 짠하고 장하기만 하다.

이 책을 아이를 단단하고도 따뜻하게 키우고 싶은 엄마, 자기 자신도 그렇게 살고 싶은 세상의 모든 엄마들이 꼭 읽었으면 한다. 마지막 장을 덮을 때 여러분도 나처럼 이 사랑스러운 책을 가만히 껴안게 되리라.

장하다, 숙희야! 더 장하다, 우리 희나!

- 한비야, 국제구호 전문가

작은 거인과 웅장한 아가, 엄마가 희나를 끊임없이 돌보는 거 같지만 희나가 엄마를 안아 주고 있다. 온 오감 세포를 열어 소통하는 둘의 모습이 눈부시게 아름답다.

- 류승룡, 배우

희나는 내가 아는 지구인들 중 가장 순수하고, 가장 직관적인, 호오가 분명한 친구다. 제주 자연의 순수성이 그런 희나의 영혼과 완벽한 교감을 이룬 것일까? 희나는 엄마를 따라 제주로 이주한 후 제주올레길을 자신의 정원처럼 즐기고, 그 길에서 평화로움을 느끼는 듯하더니, 급기야 그림으로 자신을 표현해 내기 시작했다. 그 기적을 지켜보는 건 참으로 행복한 일이다.

- 서명숙, 제주올레이사장

30년 '짬'이 가르쳐 준 것들

앞서 가던 희나가 멈추면서 손가락으로 편의점을 가리키더니 쓱 들어간다. 따라 들어갔을 때는 이미 아이스크림 냉장고 앞에서 메로나의 껍질이 벗겨지고 있다. 점원의 동공이 확장된 것을 등으로 느끼며 희나를 향해 소리친다.

"계산 안 하고 포장 뜯으신 분, 돈 내고 드세요."

계산대 앞으로 온 희나 손에 현금카드를 쥐어 주며 단말기를 가리킨다.

단말기에 카드를 꽂으며 "이렇게"라고 말하는 희나, 카드를 뽑으면서는 "올치, 잘했지"라고 말한다.

점원의 눈이 다시 동그래지는 가운데 편의점을 나오며

우리는 서로 주먹을 들어 맞부딪친다. 잘했어!

이것이 이른바 1급 중증 자폐 희나와 동행한 30년 '짬'이다.

'올치, 잘했지'는 희나가 할 수 있는 몇 가지 말 중에 가장 많이 하는 말이다. 하루에도 수십 번 '옳지 잘했지'를 말하고, 자기가 말한 만큼 듣기를 원하니, 칭찬과 격려의 말을 지구에서 제일 많이 쓰기로 기네스북에 오를지도 모른다.

30년의 짬은 나로 하여금, 무한비교의 시대에 루저로, 속도경쟁의 시대에 달팽이로 규정되는 존재들 속에 찬란한 빛이 있음을 알게 했다. 프리즘으로 볼 수 있는 일곱 빛깔 무지개 바깥에 적외선과 자외선이 존재하듯이 말이다.

적외선은 어두운 곳에서도 생명체를 감지하고, 자외선은 위조지폐를 감별한다. 틀에 갇히지 않는 자유로움이 특별한 능력이 되는 것처럼 모든 존재 속의 빛은, 눈에 보이지 않는다 해도 '올치'이고 그 빛을 발하며 살아가는 것이 '잘했지'임을 깨닫게 되었다. 그리하여 지금은 장애라 쓴 것을 개성이라 읽을 수 있게 되었고, 마침내 희나를 '빛의 속도를 가진 달팽이'라 명명하기에 이르렀다.

엄청난 함성을 경험한 적이 있다.

자폐 자녀를 둔 엄마들 몇과 이 책 이야기를 하던 중, '태교는 완벽했어요'라는 글 꼭지를 말할 때였다. 그중 한 명이 책 제목을 그걸로 하면 안 되냐고 묻자마자 이구동성, 리허설이라도 한 듯, "태교는 완벽했어요"를 외치는데, 순간 깨달았다. 엄청난 함성은 사람의 수에서도 나오지만 쌓인 세월의 무게에서도 폭포처럼 쏟아질 수 있다는 것을. "말로만 해도 속이 뻥 뚫린다"며 그예 눈물을 흘리는 이들 앞에서는 이 제목이 계시처럼 느껴졌다. 동병상련, 나도 불나방의 시대를 거쳐 왔기 때문이다.

'차라리 재가 되어 숨진다 해도 너를 정상화시키고야 말겠다'는 각오로 영혼을 물구나무 세워 나의 잘못을 탈탈 털어도 봤고, 아이의 사소한 행동에도 수백 번 심장을 떨구면서 희망고문으로 내 삶을 덮어쓰기 한 채 넘어온 시간들이 결코 짧지 않았다.

근자감(근거 없는 자신감)을 외치는 요즘 그와 반대되는 근죄감(근거 없는 죄책감)에 깊은 내상을 입은 엄마들에게 '올치, 잘했지'는 절실하다.

돌이켜 보면 어느 날은 버스에서 벼락을 맞고, 또 어느 날은 뜻밖의 장소에서 날개 없는 천사를 만나고, 이리저리 희나 맞춤형 공동체를 실험하면서 결국 쓴맛과 단맛이 어우러져 내 삶은 재미있어졌다. 자폐 스펙트럼 덕에 이번 생은 신박한 인생 스펙트럼을 경험한다고나 할까.

이 책을 쓰는 데 10년 걸렸다. 공동저자들이 참 많다.

30년 동행지기 가족과 가까운 벗들, 10년을 함께 일궈온 출판사와 수미 씨. 그리고 이 책에서 자기 주변의 '희나'를 발견할 독자들, 나아가 이 시대를 살아가는 우리 모두가 곧 '희나'임을 깨달을 독자들.

이들에게 내가 전하는 감사의 말 역시 이것이다.

"올치, 잘했지."

● 차례 ●

추천의 글 5

서문 30년 '짬'이 가르쳐 준 것들 8

1부 / 내 눈에만 안 보이는

원시에서 왔거나 미래에서 온 19

빛의 속도를 가진 달팽이 24

귀 마크 30

'각' 잡힌 찬장 35

목욕탕에서 나온 고갱 39

내 눈에만 안 보이는 43

발가락만 닮았을까? 48

콩나물시루가 필요해 54

2부 / 냉장고 엄마는 없다

죽을 뻔한 엄마 고시원 63

냉장고 엄마는 없다 71

자폐증의 잃어버린 역사 76

태교는 완벽했어요 80

카펫의 교훈 86

3부 / 짱짱 멋진 사람들

이상한 나라의 수도원 93

'벼락' 맞은 버스 105

돈 튀김 아줌마 112

행복한 항의, 파파 사이트 118

7인의 의사, 흰 가운을 벗다 122

— 책속의책〈희나 작품집〉 129

도망치고 싶어 145

희나의 대변인들 149

"노란색입니다" 153

4부 / 재미진 실험

"동생이 요즘 이런 작업하니?" 163

재미진 학교의 탄생 167

"제가 그림 그려 드릴까요?" 172

무지개가 된 복수극 176

환탁스틱 듀오 182

부끄러운 고백, 부러운 고백 188

그래서 꽃이 핀다 193

6시간 10분 198

아트팜을 향하여 203

5부 / 이대로 좋아

희나의 속도 211

"올치, 잘했지" 217

평화를 원하노니 222

나사처럼 돌아가는 일기 228

우호적 무관심의 시대 233

뽀뽀뽀 239

희귀템 해피니스 245

너의 삶을 응원해 249

1부

내 눈에만 안 보이는

원시에서 왔거나 미래에서 온

희나가 화장실에서 보이는 신공이 하나 있다. 바로 변기 위에 두 발을 올려 쪼그려 앉는 것이다. 옛날부터 인간의 배변 자세는 이것이었다. 세 살 때까지 서서 오줌을 누던 아이는 제주도 바닷가 모래밭에서 쪼그려 앉아 처음 오줌을 눈 때부터 양변기 위에 올라앉기 시작하여 지금까지 똑같다. 희나의 배변 습관은 학습된 문명보다 본능에 충실하다.

희나는 집에 들어오면 무조건 창문을 잠근다. 커튼까지 확실하게 닫는다. 그러나 어느 방이고 문은 다 열어 놓는다. 방의 전등은 밤에도 다 꺼야 한다. 다만 거실의 불은 가장 밝은 조도로 켜 놓는다. 밤새도록.

원시시대의 동굴과 닮았다. 외부와는 차단되고 내부는 하나의 공간으로 열려 있다. 가운데 지펴 놓은 불은 시야를 확보하고 온도를 유지하고 맹수들을 경계한다. 밤새도록.

희나는 소리에 예민하다. 조금만 크게 말해도 무서워했다. 해가 떨어진 다음에는 밖에 나가기를 싫어해서 가족 나들이의 원칙이 해 떨어지기 전에 귀가하는 것이었다. 피부감각도 예민하다. 스치기만 해도 아프다고 '호호' 하며 자기 몸을 위로했다.

원시시대에는 맹수와 자연재해에서 살아남기 위해 오감이 예민해야 했을 것이다. 내가 전기료도 아낄 겸 숙면을 위해 거실 불을 끄면 희나는 코를 골다가도 벌떡 일어나 점등을 하고야 다시 잠이 든다. 신기하기도 하지만 긴장감이 만성이 되어 있다는 뜻이기도 하다.

지금은 사라졌지만 어릴 적 희나의 또 다른 신공은 김밥 풀어 먹기였다. 말려 있는 김밥을 풀어서 밥부터 먹고 속의 고명을 한 가지씩 집어 먹었다. 햄버거나 샌드위치에는 1도 관심을 안 보이고 최애 빵은 바케트이다. 원시시대는 음식이 복합 구조가 아니라 단일했을 것이다.

32년간 희나와 살아온 지금, 그가 원시에서 왔을지 모른다는 생각이 든다. 단순하고 조용한 원시시대에 살았던 사람

내 눈에만 안 보이는

들이 지금 여기 오면 어떠할까.

> "터무니없이 예측 불가능하고 혼란스러우며 끊임없이
> 굉음이 들려오고 개인 공간을 존중하지 않는 사람들로
> 가득 차 있다고 느낀다."
> ─《뉴로트라이브》중에서

희나의 뇌로 세상을 보니 장애로 인한 병증으로 규정되는 희나의 많은 행동이 그럴 만하다, 이해가 된다. 초미세센서를 가진 존재로서 예측 불가능하고 굉음이 가득 찬 세상에 적응하느라 만성적 불안감 속에서 긴장되고 고통스러울 것이다.

희나를 데리고 카페에서 지인들과 둘러앉아 이야기꽃을 피우다 보면 누군가가 말한다.

"어머, 내 핸드폰?"

어느새 희나 손에 들려 있다. 내내 유튜브를 보느라 자기 폰의 배터리가 끝나자 보이는 폰을 집어다 쓰고 있는 것이다. 언제 가져갔는지, 자기 코앞에 폰을 놓았던 주인도 모른다.

"어머, 너랑 나랑은 폰이 다른데 자판을 어떻게 이렇게 잘 치니?"

폰 주인의 의아함에 아랑곳없이 폰에 집중하는 희나.

희나는 기계장치를 좋아한다. 가장 좋아하는 가사 노동은 청소. 정확히 말하면 청소보다 청소기를 더 사랑한다. 우리 동네 쓰레기장에도 기계가 있다. 카드를 넣으면 문이 열리고 잠시 후 문이 닫히면 삐삐 소리가 나면서 빨간불이 켜진다. 카드를 꺼내라는 것이다. 희나가 음식물 쓰레기 버리기를 즐겨 하는 이유는 기계와 나누는 일련의 소통 때문인 듯하다. 어릴 때는 높은 건물에 들어가는 것을 극도로 무서워했는데 지금은 숫자를 누르고 닫힘 이미지를 누르면 문이 닫히는 엘리베이터와 소통하는 재미로 두려움이 없어졌다.

미래의 세계를 배경으로 한 영화들을 보면 빛의 속도로 무언의 소통이 가능한 장면, 뇌끼리 스캔되는 장면 등이 나온다. 32년간 희나와 살아온 지금, 그가 미래에서 온 걸지 모른다는 생각을 한다. '발달장애'라서 못 한다고 생각했던 것은 어쩌면 생략일지도 모른다. 《뉴로트라이브》라는 책을 써서 자폐증에 대한 사회통념을 근본적으로 뒤집었다는 평가를 받는 기자 스티브 실버만은 실리콘 밸리의 프로그래머들, 웹 속의 가상공간에서 사는 이들 중에 자폐 정체성을 가진 자녀를 둔 사람이 적지 않다고 보고했다.

희나에게 내가 강아지 하면 "멍멍" 한다. 돼지 하면 "꿀

꿀" 한다. 그런데 고양이 하면 "냐옹냐옹 배고파요" 한다. 집에 길냥이가 와서 울면 밥을 주는데 고양이의 심정을 헤아리는 것 같다. 숲길을 걷다가는 커다란 나무의 기둥을 포옹한 채 한동안 가만히 있기도 한다. 자폐인으로서 성공한 산업 디자이너가 된 템플 그랜딘은 동물들이 두려움 없이 들어갈 수 있게 도축장을 설계하는 생명 감응 능력이 있었다. 그에게는 동물의 심정을 잘 이해하는 소통 능력이 있었던 것이다.

정신과 의사 올리버 색스는 템플 그랜딘을 만나고 《화성의 인류학자》라는 책에 이렇게 썼다. "의학적으로는 질병으로 생각되고 하나의 증후군이라는 병적 상태로 규정되어 있지만 동시에 전체적인 존재 양식, 아주 깊은 차원에서 전혀 다른 존재 양식이나 정체성으로 자각할 동시에 자부심을 가질 필요가 있다."

나의 딸 희나는 원시와 미래, 두 세계의 주민으로 현재를 살고 있는 것인지도 모른다.

빛의 속도를 가진 달팽이

    템플 그랜딘. 내가 희나를 이해하는 데, 특히 희나가 언어를 매개로 한 소통을 잘 하려 들지 않는 이유를 짐작하는 데 결정적인 힌트를 준 미국의 산업디자이너이자 대학교수이다.

    그가 뭔가를 설계하기 시작할 때 머릿속에는 이미 완성된 모습이 사진처럼 떠오른다고 한다. 자신은 그 영상을 따라 제도판에 자를 대고 선을 긋기만 하는 것이라 했다. 그랜딘이 자신의 삶과 내면세계를 쓴 책《나는 그림으로 생각한다》에서 그는 자신이 말을 몰랐던 게 아니라, 다 알아듣고 이해함에도 불구하고 그에 대한 반응이나 생각을 말로 표현하는 게 답답하고 힘들었다고 했다.

그랜딘의 뇌는 생각이 드는 순간 완성체가 펼쳐지는 광속이다. 그러니 그 빛의 속도와 같은 화면전환을 어떻게 혀가 따라잡아 말로 표현할 수 있을 것인가. 그랜딘의 등장은 자폐인들에게 찍힌 '장애'라는 낙인이 '다름'으로 바뀌는 시대의 도래를 의미했다. 정신과 의사나 심리학자들을 통해 간접적, 대리적으로 해석되어 온 자폐에는 오해와 왜곡이 적지 않았음이 드러나기 시작한 것이다.

자폐인으로서 처음으로 자신의 언어로 자신을 말하는 그에게 유명 작가 올리버 색스는 어떤 '소울'을 느꼈고, 그랜딘을 만나 교류하면서 보통 자폐라고 불리는 이들은 장애라기보다 현 단계의 인류와 다른 수준, 더 높은 수준의 뇌를 가지고 있을 거라는 확신을 갖게 되었다고 했다.

나는 그랜딘이 "그림으로 생각한다"는 것을 백 퍼센트 이해한다. 유난히 기억력이 좋다는 평을 받는 나의 비결도 영상이다. 그 당시 있었던 일을 이야기하자면 내 머릿속에는 사진과 동영상이 돌아간다. "넌 그걸 다 어떻게 기억하냐?"고 혀를 내두르지만 나는 뇌 속에서 돌아가는 영상을 설명하는 것일 뿐이다.

백문이 불여일견, 한 장의 사진이 백 줄의 설명보다 전체를 빠르게 전달한다. 눈과 눈으로 전달되는 이심전심, "서로 사랑을 하게 되었다"를 다른 것도 아니고 '눈'이 맞았다고 표현하는 것, 이 모든 것이 언어보다 시각이 더 큰 소통의 파워를 가졌음을 말해 준다. 그랜딘이 답답했던 이유는 인간이라는 동물이 현재까지 발견해 놓은 의사 교환 및 정보 전달의 수단인 '언어'라는 것이, '시각'이라는 총체적 전달 수단이 발달해 있는 자신의 뇌보다 낮은 버전이기 때문 아닐까?

　희나도 눈으로 스캔하는 능력이 대단하다. 찬장 어디에 뭐가 있는지 한 번 본 것은 다 안다. 그러니 굳이 "뭐 주세요"보다 제 손으로 집는 게 더 빠르다. 부엌의 구조들이 비슷하니 남의 집에 가서도 찬장을 열어 토마토케첩을 단번에 찾아내는 무례한 마술이 자주 일어난다. 슈퍼를 갈 때 왔던 길로 안 가고 다른 길로 가면 울었다. 떼를 쓰고 울어서 모르는 사람이 보면 마치 유괴당하는 것처럼 보일 정도였다. 실제로 한번은 경찰이 나타나기까지 했다. 아이의 집착증 치료 차 끝까지 다른 길로 '인도'하려는 나를 누가 신고한 것이다. 사회의 관심이라는 점에서는 바람직한 신고이나 나로서는 난감한 일이었다(그날 이후 가족관계증명서 소지는 필수가 되었다). 병증이라 여겼지만 다시 생각해 보면 이는 길을 잘 기억한다는 뜻이기도 하다.

˚ 희나는 겉보기에는 말이 늦어도
보통 늦은 게 아닌 달팽이지만,
뇌는 빛의 속도로 움직이고 입이 아닌
눈을 통해 세상을 한 컷에 빨아들이는
광속 인간일지 모른다.

외국의 한 초등학교에서 체육관에 모여 퍼즐 맞추기를 했다. 아이들은 바닥에 앉아 주어진 형태를 맞춰 가는데 한 아이는 돌아다니며 여기저기 퍼즐을 흩어 놓고 있었다. 그는 '특수아'라는 이름의 자폐인이었다. 그저 늘 하던 이상행동이려니 하고 모두들 무심했는데 2층 스탠드에서 내려다보던 선생님이 탄성을 질렀다.

"우아, 고래 멋있다."

그 아이는 주어진 퍼즐을 작은 사각 틀에 맞춰 넣은 게 아니라 고래의 윤곽을 만들어 체육관에 꽉 차게 큰 고래 한 마리를 들여놓은 것이었다. 그리하여 반 아이들은 자기도 모르게 고래의 배 속에 들어앉아 있게 되었다. 그의 시야는 온 체육관을 다 장악하고 있었던 것이다.

몽골인들의 시력은 6.0이 넘는다고 한다. 광활한 평원에서 저 멀리 흙먼지를 일으키며 달려오는 것이 아군인지 적군인지를 가려내다 보니 시력이 유전적으로 발달한 것이라 한다.

희나는 눈을 사용하는 방법이 달랐다. 밤에 전등을 켜면 눈을 가늘게 뜨고 불빛의 파장을 오래오래 즐겼다. 낮에도 해를 향해 눈을 가늘게 뜨고 한참을 있었다. 그게 희나의 노는 방법이었다. 마룻바닥에 빨래와 물건들이 한가득 널려 있

내 눈에만 안 보이는

어도 그 틈새로 까치발을 꽂아 비호처럼 달려가는 재능이 있었다.

일곱 살인가 어느 날 보니 글씨를 다 알고 있었다. 교육이 되리라 생각하지 않을 때라 가르친 바 없었다. 단어와 문장의 의미를 알아서가 아니라 그것들을 이미지로 받아들여 쫙 흡수한 것이었다. 받아쓰기를 시키면 희나는 소리를 듣고 떠오르는 이미지를 손으로 옮겼다. 의미를 안 것은 그로부터 아주 한참 후였던 것 같다. 희나에게 나는 '엄마'가 아니다. '엄마하고'이다. 나를 부를 때 "오늘 엄마하고 뭐했다"고 받아쓰기했던 이미지를 떠올려 발음하기 때문이다.

희나는 겉보기에는 말이 늦어도 보통 늦은 게 아닌 달팽이지만, 뇌는 빛의 속도로 움직이고 입이 아닌 눈을 통해 세상을 한 컷에 빨아들이는 광속 인간일지 모른다.

귀 마크

"카톡."

핸드폰을 열어 보니 하얀 고양이 사진이 나타난다.

"엄마, 얘가 영이야."

큰애는 어려서부터 고양이를 좋아했다. 친구가 구조한 유기묘의 새끼 '구구'를 데려와 살다가 구구가 사라진 후 다시 악몽을 꾸기 시작했다며 수호천사 타령을 하더니 유기묘를 입양해 이름을 '영'이라 했다.

창고에 갇혀 오래 학대당하다 구조된 터라 두려움에 절어 절대 사람과 마주치지 않는다며 "영이 얼굴 보려면 1년이 걸릴지도 몰라. 그런데 나는 이해해. 인간들에게 얼마나 심

내 눈에만 안 보이는

하게 당했으면…”이라고 말했다.

그런 영이의 사진을 한 달 만에 찍어 보낸 것이다.

“1년 걸릴 거라더니 빨리 친해졌네.”

“응. 그건 내가 무관심한 척해서 그래.”

무관심이 경계를 풀게 했다고? 애정 어린 관심이 아니라?

“원래 고양이들은 겁이 많아. 그래서 관심을 부담스러워해.”

딸애 집에서 하룻밤을 자게 된 날, 내가 무슨 말을 좀 할라치면 딸애는 목소리를 낮추라고 자율학습 감독교사처럼 잔소리를 했다. 이유는 영이가 놀란다고.

두 달에 한 번, 석 달에 한 번, 딸애 집에 갔지만 영이와 마주치는 일은 없었다. 그러던 어느 날 그가 등장했다. 눈같이 하이얀 털에 눈을 낮게 깔고 느릿느릿 걷는 품새가 우아했다.

그다음부터 영이는 나를 피하지 않았다. 한번은 딸애와 정치에서 연애까지 한창 이야기에 빠져 있는데 뭔가가 내 옆구리를 쓱 밀고 지나가는 게 느껴졌다. 영이었다. 헉, 고양이가 나와 스킨십을? 나보다 더 놀란 건 딸애였다.

“와아, 당첨. 영이가 엄마한테 완전 경계를 풀었어.”

고양이는 친한 사람에게는 몸을 스친다고 한다. 애정하는 사람 앞에서는 발랑 누워 배를 보이며 애교도 부린다고 한다. 새침하고 경계심이 충만한 고양이가 '마이 펫'이 된다는 짜릿함이 고양이와 사는 낙의 하나라고 했다. 고양이를 이해하니 침대의 고양이 털도 덜 거슬리고, 영상통화를 할 때면 "영이 보여 줘"라고 손녀 찾듯 찾게 되었으니.

"아무래도 고양이를 닮았어. 진짜 닮았어."

영이와의 경험을 복기하며 나는 희나를 떠올렸다. 희나는 내 귀를 손등으로 쓱 스치고 지나가는 버릇이 있다. 가끔은 자기 귀에도 한다. 아마 그 느낌이 좋은 모양이다. 그런데 가끔 다른 사람에게도 갑자기 다가가 쓱 귀를 스쳐 당황스러울 때가 있다.

한번은 손님들이 우리 집에 놀러 와 차를 마시고 있는데, 그중에서 제일 많이 본 사람에게 다짜고짜 다가와 그의 귓등을 제 손등으로 쓱 스치고 아무렇지 않게 지나갔다. '아는 척'의 표시였다. '안녕하세요'라는 문명적 방법이 아닌 원시적 보디랭귀지.

그런데 처음 본 사람에게도 그러는 일이 생겼다. 희나를 엄청 이뻐하는 친구가 서귀포에 와서 셋이 산책을 나갔다가 그의 숙소에서 여러 사람과 차를 마시게 되었다. 낯선 집에 온 희나는 앉아 있지 않고 서서 방 주위를 돌아다녔다. 더 불안하면 뛰었을 것이고 거기서 더 하면 가자고 조르는 게 보통이다. 그런데 그냥 보통의 속도로 방 전체를 운동장 돌 듯 돌아다녔다. 그들의 이야기를 들으며 나는 눈으로 희나를 좇았다. 이십 대 중반 아가씨의 이상행동에 다행히도 손님들은 의연했다. 방 외관을 돌던 희나가 사람들 가까이에서 돌기 시작했다. 이 방 전체를 감각으로 접수하고 이제 방 안의 사람들을 하나씩 접수할 모양이었다. 그러다가 갑자기 손등으로 귀를 쓱 스치는 게 내 눈에 보였으니, 하필이면 가장 말이 없던 중년 남자였다.

"어머! 죄송합니다."

그는 내 사과에 웃음 띤 목례로 답했다. 다들 웬 사과인가 하는 눈치였다. 워낙 순간적으로 일어난 일이었으니….

"아마 이 자리에서 가장 마음에 드는 분인가 봐요. 오늘 귀 마크 획득하셨어요."

꿈보다 해몽이라 여길지 모르나 내가 보아 온 바로는 분명히 그랬다. 고양이 영이 그랬던 것처럼 희나는 이 아저씨에게서 '자신을 이상하게 여기지 않는 무심함'을 느낀 것 같았다.

"맞아, 이 아저씨 정말 인간성 좋은 사람이야. 그런데 네가 그걸 어떻게 알았니? 귀 마크 정말 대단하다."

큐 마크를 흉내 낸 귀 마크에 다 같이 웃었다.

희나와 고양이는 초미세 예민센서를 가진 것이 닮았다. 그래서 낯선 곳과 낯선 사람에게 경계가 심하고 말이 아니라 느낌으로 사람을 스캔한다. 살짝 가벼운 스킨십으로 마음을 표현하는 것도 초미세 예민센서를 가져서일 것이다.

'각' 잡힌 찬장

희나를 집 밖에서만 본 사람들은 내 걱정을 엄청 한다. 저런 아이와 1년 365일을 사느라 얼마나 힘들까. 그리고 희나의 장래를 걱정한다. 저런 상태로는 아무것도 하지 못할 것이라고 지레짐작하는 것이다.

그런 그들이 우리 집 찬장을 열어 보는 순간 악 소리를 낸다. 엣지 있는 그릇과 반찬통은 아니지만 크기와 종류별로 가지런히 쌓여 한눈에 들어오는 각 때문이다.

희나는 조금도 비뚤어져 있는 꼴을 못 본다. 뭐든 가지런히 놓여야 한다. 한창 유행하는 공룡 세트 장난감을 사 주었을 때 희나가 노는 방법은 가지런히 줄 세우기였다. 몇 번을 해도 놓는 순서가 정해져 있었다. 보통 기대되는 놀이 방법은 공룡들을 손으로 잡고 날게 하거나 걷게 하거나 부딪쳐 싸우게 하거나 말을 주고받게 하는 것인데 희나는 오로지 줄을 세울 뿐이었다. 놀이치료 선생은 이게 문제행동이며 병증이라고 했다. 집착이고 강박이므로 이것을 깨야 한다고 했다.

놀이가 아니라 치료인지라 우리는 선생님이 한 말을 금과옥조로 받아들여 줄 세우기를 극구 말렸다. 그럴 때마다 아이는 우우 소리를 지르며 싫어했다. 줄이 조금만 비뚤어져도 아이는 공을 들어 위치를 바로잡았다. 그걸 바라보는 내 마음은 답답하기 짝이 없었다.

희나는 퍼즐을 좋아했다. 그런데 퍼즐을 맞출 때도 순서가 있었다. 뻔히 보이는 조각이 있어도 안 쓰고 자기 순서에 맞는 퍼즐을 이리저리 찾아 댔다. 퍼즐을 맞추는 시간이 그만큼 오래 걸렸다. 마지막 조각도 늘 똑같았다. 그것을 제 위치에 놓기 전에 잠시 뜸을 들이는 것도 버릇이었다. 마치 화룡점정인 양.

크레파스를 쓸 때도 쓰고 나면 바로 그 자리에 넣었다. 칠하면서 나오는 크레파스 찌꺼기도 바로 떼어서 쓰레기통에 버렸다. 나는 걱정이었다. 그림에 집중해야 하는데 저렇게 비본질적인 것에 매달리다니, 저 문제행동을 어떻게 치료

내 눈에만 안 보이는

해서 병증을 벗어나게 할 것인가. 일부러 크레파스를 다른 순서로 담아 놓으면, 어떻게 아는지 자기가 정한 고정석에 재배치했다. 48색을 쓰면서도 그 집착은 고수되었다. 미묘한 색깔들의 차이를 어떻게 알고 '그 돌 빼서 그 자리에 콕 박아 넣는' 집착이 지속되는 것일까. 색깔을 칠할 때도 순서가 있었다. 하늘색, 분홍색, 노랑색, 주황색…. 열 번을 봐도 열 번 다 같은 순서였다.

순서대로 줄 세우기.

어려서부터의 집착이고 나의 걱정거리였던 희나의 개성은 나이가 들고 집안일에 참여하게 되면서는 아주 좋은 미덕이 되었다. 각 잡힌 찬장뿐이 아니다. 수건 개는 법을 가르쳐 주면 항상 딱 그 방법으로 갰다. 희나의 손끝에서 낡은 수건들도 각이 잡혀 엣지를 취득했다. 양말, 팬티… 모두 반듯하게 서랍에 자리했다. 입었던 옷은 잠옷이나 러닝까지도 옷걸이에 걸었다. 자기 몸을 보호해 주었던 존재들에 대한 리스펙트!

내가 귀찮아서 제자리에 안 갖다 둔 물건들은 희나의 손을 따라 원위치했다. 그러니 다음에 쓸 일이 생겼을 때 헤매는 일이 없다. 이게 얼마나 가정의 평화에 크게 기여하는 일인지. 금슬 좋기로 알려진 부부도 손톱깎이를 찾다가 싸운다고 한다. 쓰고 제자리에 안 둔 사람이 누구인지, 알리바이를 대고, 그걸 뒤집고, 엎치락뒤치락하느라고.

크레파스와 색연필의 위치에 대한 집착은 색을 칠할 때, 같은 계열의 색이 연한 색에서 진한 색 순서로 나타나는 그러데이션 화법이 자연스럽게 나타나는 모태가 되었다.

20년이 지난 지금 생각하면 무슨 대단한 즉효, 특효라도 되는 양 아이의 스타일을 무조건 깨려고 안간힘을 쓰고 안달했는지 참 어리석었다는, 제대로 된 가이드라인에 무지했다는 생각이 든다. 그러나 이것도 내 잘못은 아니다. 병원이고 사회복지고 특수교육이고 어디서도 그런 것을 알려 주지 않았다. 가장 큰 탓은 다름을 무조건 장애로 몰아가는 사회 분위기일 것이다.

내 눈에만 안 보이는

목욕탕에서 나온 고갱

희나는 주간활동센터에서 집에 돌아오면 옷을 갈아입은 다음 바로 목욕탕으로 들어간다. 한번 들어가면 기본이 한 시간, 어떤 날은 세 시간이 지나도록 안 나온다.

목욕탕에서 목욕을 하는 것도 아니다. 용변을 오래 보는 것도 아니다. 변기에 앉아 유튜브를 보고, 거울에 비친 제 모습을 보며 놀다 샤워기를 틀어 잠깐 물놀이를 하고 그렇게 시간을 보내는 것이다.

처음에는 이해할 수가 없었으나 우리도 집에 들어오면 옷이고 가방이고 다 내팽개치듯 손에서 놓고 덜렁 몸을 소파나 침대에 누이지 않는가. 밖에서 지친 몸을 그렇게 쉬게 하는 것이다. 희나도 정신없이 바빴던 머리를 그렇게 하고 있으면서 식히는 것임을 생각하고 나서야 목욕탕에서 빨리 나오라는 채근질을 멈출 수 있었다.

희나처럼 초미세 예민센서를 가진 사람들은 더 긴장되고 피곤할 것이다. 템플 그랜딘도 어쩔 수 없이 자꾸 긴장되는 것을 해소하기 위해 자기만의 고안품을 만들어 그 안에 들어가 있는다고 했다.

지치고 힘들면 오그리게 되는 것은 엄마 자궁 속에 있을 때의 자세라고 한다. 놀이치료에서는 작은 실내용 삼각텐트가 아이들에게 엄마의 배 속 같은 안정감을 준다고 한다. 어릴 때 누구나 다락방을 좋아했던 것은 자기만의 공간이라는 점도 있지만 낮은 천장과 적당히 어두운 공간이 주는 심리적 피로도의 절감 효과 때문일지도 모른다.

그런데 희나는 왜 침대나 소파가 아니라 목욕탕과 변기에서 릴랙스를 하는 것일까. 생각해 보면 우리 몸의 70%가 물이고, 태중에서도 양수에 떠 있으며, 피곤하면 사우나를 찾고, 온천욕이 관광 코스이다. 또 답답하면 바다를 보러 가는 사람들이 많다. 뱃놀이는 오래된 놀이 문화의 하나요, 요즘은 서핑과 스킨스쿠버가 대중화되고 있다. 주민 욕구조사를 해 보면 수영장 선호도가 가장 높다고 한다. 물에는 긴장

내 눈에만 안 보이는

을 푸는 효과가 있는 것이 분명하다. 삼십 대가 되어서도 희나는 매일 물과 놀며 하루의 긴장을 푼다.

희나의 릴랙스는 여기서 그치지 않는다. 목욕탕에서 나와 대충 물기를 닦은 다음에는 옷을 입지 않은 상태로 한동안 지낸다. 손에는 핸드폰을 들고. 자신이 보고 싶은 단골 애니메이션과 동요를 즐기면서 거실과 방을 돌아다니는 것이다. 청소년기에는 여자들만 살았던 가족 구성으로 굳이 제지를 하지 않았지만 이제는 성년인 터라 장시간 목욕탕 체류는 이해해도 옷을 입으라는 채근은 안 할 수가 없었다.

도대체 저 애는 왜 옷을 바로 입지 않을까. 나도 한번 따라 해 보았다. 그랬다가 정말 다시는 옷을 입고 싶지 않을 만큼 옷을 걸치지 않는 것이 편하다는 것을 알아 버리고 말았다. 한번 자유를 맛보니 도저히 옷을 입을 수가 없었다.

무릎 쪽을 찢은 청바지, 짧은 치마, 레깅스… 이런 것들이 모두 옷으로부터의 구속에서 벗어나고자 하는 패션이다. 치렁치렁한 치마 선을 위로 올려 히트 친 샤넬 라인의 창시자 샤넬, 할리우드에서 최초로 바지를 입은 여배우 캐서린 헵번은 여성들을 옷의 억압에서 자유롭게 한 사람들이다.

요즘은 코르셋과 철심을 넣은 와이어 브라와 하이힐을 넘어서는 킬힐이 존재한다. 그러니 옷이나 외모가 여자들의 신체와 정신을 억압했던 것은 동서고금을 막론한다. 그런데 우리 집에서는 매일같이 목욕탕에서 고갱의 그림이 탄생한다. 대단한 각오와 결심을 하지 않고도 탈브라일 뿐 아니라 어떤 억압도 받지 않는 자유스러운 몸과 마음으로 집 안을 누비는 타히티섬의 여인이 있는 것이다. 이제는 하나가 아니라 둘.

솔직히 여자들은 여자끼리만 있는 목욕탕에서도 타인의 시선에서 자유롭지 못하며 제집이라고 다르지 않다. 그런데 나는 일찌감치 옷으로부터의 해방을 누려 온 딸 덕에 남들이 쉽게 누리지 못하는 것을 누리게 되었다.

"모든 것이 억압 아닌 게 없어. 사회생활이란 것이 이렇게 힘든 거야. 아담과 이브도 옷을 입기 시작하면서 낙원 생활을 잃은 거잖아."

어느새 내 몸과 정신이 타히티섬에 가 있는데 갑자기 무릎에 뭐가 툭 떨어진다. 희나가 내 속옷을 챙겨 주는 것이다. 곧 머리 위에서 뭐가 내려온다. 희나가 내게 실내복을 입혀 주는 것이다.

자유롭고 싶을 만큼 벗고 긴장이 해소되었다 싶으면 다시 입는 고갱을 닮은 영혼! 오늘도 우리 집 목욕탕에서는 고갱의 그림이 탄생한다.

내 눈에만 안 보이는

희나가 초등학교에 다닐 무렵 괴성을 많이 질러 댔다. 듣기 싫어서 그만하라 해도 소용없었다. 어머니는 "제집에서라도 큰소리치고 살아야지. 쟤도 속이 좀 시원해야 되지 않겠냐"고 나를 타이르셨다. 아마 시집살이로 참고 살아오신 세월의 동병상련이셨을 것이다. 그런데 어느 날 우리 집에 놀러 온 사람이 화장실에 갔다 나오더니 "희나가 노래를 부르네요" 하는 게 아닌가.

노래라고라고라고라?

깜짝 놀라 화장실로 들어갔다. 혹시 했는데 역시! 희나는 세면대에 달린 거울을 보며 예의 괴성을 지르고 있었다.

"노래 아녜요. 말을 못 하니까 소리 지르는 거예요."

"아닌데…"

그이가 정확한 곡명을 대지 못하는 걸 보고 나는 그저 위로 차 하는 말로 믿었다. 그런데 〈너의 목소리가 보여〉라는 음치 등장 TV 프로를 보면서 깨달았다. 가사가 있어서 음치인 줄 알지, 음만 따라 했으면 괴성! 그러니 희나의 괴성도 음치급의 노래였을 수 있다. 남들이 노래라고 하는 것을 왜 나는 믿지 못했을까.

등잔 밑이 어두운 건 진리이다. 눈에도 맹점이 있다. 그래서 거울이 필요하다. 거울은 바로 남의 눈이다. 내 눈으로 못 보는 내 뒷모습을 거울이 보여 주듯, 내가 못 보는 내 아이의 모습을 남의 눈을 통해서 발견할 수 있는 것이다.

일곱 명의 자폐 스펙트럼 장애를 가진 아이들과 부모들이 모여서 스티커와 테이프 붙이기 놀이를 하고 있었다. 누가 먼저 시작했는지 모르지만, 갑자기 아이들이 테이프로 어른들의 팔과 다리를 포승줄 묶듯 묶기 시작했다.

"우리가 평소 애들을 이렇게 억압했나 봐요? 하하하."

부모가 웃어도 웃는 게 아니다. 반성이다.

"우리가 어디 못 가게 묶는 건가 봐요."

묶이면서 이런 말을 하는 부모는 분명 아이를 놓고 반응

° 아이 하나 키우는 데 온 마을이
필요하다는 말은 단순히 돌봄을 1/n
하자는 것만이 아니다. 마을 사람
열 명이 동네 아이 열 명을 지켜보아
주면 백 개의 개성이 세상에 드러난다.
일곱 빛깔인 무지개도 저리 아름다운데
백 가지 색이 드러나면 어떨까.
백화만발, 꽃동산이겠지.

성 애착 장애라는 전문가의 진단을 들었을 것이다. 그런데 제 부모를 다 묶어 놓고 다른 어른을 묶는 아이가 있었다. 나로서는 묶는 것을 재미있어하는 아이구나 정도로 생각하고 있는데 묶이는 어른이 탄성을 질렀다.

"어머, 얘가 테이프를 제대로 다룰 줄 아네. 얘, 너 나랑 택배 하자!"

초등 5학년이 현장 캐스팅으로 알바 제의를 받은 것이다.

궁금증 발동, 다가가 물었다.

"그걸 어떻게 아세요?"

"제가 귤 택배 한 지 십수 년이에요. 귤은 박스 포장이 아주 중요하거든요. 중앙에 딱 붙여야 하는데 어른 알바들도 어긋나게 붙여서 두세 번씩 덧붙이는 경우가 허다해요. 근데 얘는 정확히 붙인 자리에 다시 붙여요."

그 부모가 놀라서 다가왔다. 입가에 번지는 흐뭇함은 나만 보았을까?

제 3자의 객관적인 눈에는 부모의 눈에 보이지 않는 것이 보인다. 장애 부모는 자책과 전문가들이 씌운 콩깍지, 그리고 모든 부모들이 가진 마음속 불안과 욕심의 비닐랩 때문에 제대로 볼 수가 없는 것이다. 아이들은 이런 눈을 가진 부모 앞에서 '테스트 효과'적으로 행동한다. 부모가 싫어할 것

내 눈에만 안 보이는

같은 능력은 안 보여 주는 것이다. 여럿이 모여서 노는 자리가 아니었다면 아이는 테이프로 묶는 일을 이렇게 맘껏 하지 못했을 것이다. 설혹 한다 해도 쓸데없는 일을 한다고 걱정을 샀을 것이다. 테이프 낭비도 걱정거리에 보태졌을 것이고.

자식은 바꿔 키우라는 말이 있다. 아이를 바라보는 열 개의 눈, 백 개의 눈이 있을 때 아이들이 가진 다양한 개성이 인증된다. 아이 하나 키우는 데 온 마을이 필요하다는 말은 단순히 돌봄을 1/n 하자는 것만이 아니다. 마을 사람 열 명이 동네 아이 열 명을 지켜보아 주면 백 개의 개성이 세상에 드러난다.

일곱 빛깔인 무지개도 저리 아름다운데 백 가지 색이 드러나면 어떨까. 백화만발, 꽃동산이겠지.

발가락만 닮았을까?

"혹시 산부인과에서 아기 바뀐 거 아니니? 네 딸이라면 말을 잘하고 짜리몽땅해야 하는데 얘는 완전 늘씬한 다리에 말은 안 하잖아."

희나를 장애라고 전혀 인식하지 않는 내 친구들은 이렇게 농담을 했다. 그런데 살면서 희나를 알면 알수록 나의 모습을 발견하게 되니 산부인과 의심은 괜한 일이다.

희나는 꼭 나무 수저와 나무젓가락을 쓴다. 그릇도 유리와 도자기를 선호한다. 그래서 깨 먹은 유리잔이 몇 개인지 모른다. 냄비도 스테인리스보다 유리를 선호한다. 나도 그렇다. 쇠끼리 부딪치며 내는 소리가 정말 싫다. 물이든 음식이

든 속이 보이는 투명한 게 좋다.

어렸을 때 나는 정전이 되어도 내 서랍의 물건들을 다 찾을 만큼 정리 정돈의 짱이었다. 그걸 깬 것은 아버지였다. 세상이 얼마나 넓은데 작은 서랍에 갇혀 사느냐고 어느 날 내 서랍의 애장품들을 동네 꼬마들에게 다 나누어 주셨다. 그 트라우마가 지나쳐 나는 늘어놓는 것을 즐기는 편이 되었다. 나이 들면서는 할 일도 많아지고 정리할 시간도 없었다.

희나도 뭐든 반듯하지 않으면, 제자리에 안 두면 안 된다. 의사들은 강박증이라고 본다. 그러나 내 생각엔 정리 정돈을 잘하는 좋은 습관이다.

뒤끝 작렬도 나를 닮았다. 50년 전 학교에서 배운 콩나물무침을 복습할 때 저녁 할 시간에 쫓긴 어머니가 단번에 양념을 해 버려, 그날 저녁밥도 안 먹고 울었던 기억이 콩나물을 보면 지금도 떠오른다.

50년 가는 뒤끝, 희나가 딱 닮았다. 밤에 자다가 벌떡 일어나 자고 있는 제 언니를 한 대 때리고야 다시 잠이 들었다. 분명 낮에 뭔가가 있었던 것이다. 그때마다 어머니는 "발가락이라도 닮는다더니…" 하셨다. 그렇다면 나도 강박증이고 자폐 증상이 있는 것인가?

로라 윙이라는 정신과 의사가 있었다. 그는 자폐아의 어머니였다. 그는 레오 카너(처음으로 자폐증이라 명명하고 그 원인을 엄마의 애정 없는 육아 탓으로 규정한 정신과 의사)와는 다른 의견을 내놓았다. 그는 자폐증이 희귀병도 난치병도 아니라고 했다.

"진단의 문제야. 이 사람들은 언제나 존재하고 있었어."

가벼운 한두 가지 특징만 나타내는 사람도 있고 너무 다양한 양상으로 존재한다는 것이다. 즉 자폐증은 인간 정신의 한 측면으로 계속 존재해 오고 있었다는 것이다. 그는 이것을 자폐 스펙트럼이라 불렀다. 그러니까 나도 병원에서 자폐증이라는 진단을 받은 것은 아니지만 자폐 스펙트럼 안에 들어 있는 사람이다.

스펙트럼 개념으로 보면 큰애도 그렇다. 한번은 둘이 외식을 하러 나갔다가 미국에서 잠시 귀국한 선배를 우연히 만나 합석하게 되었다. 그런데 딸애가 살짝 내 옷소매를 당기더니 "엄마, 식사하고 오셔. 나는 먼저 집에 갈게" 하는 게 아닌가.

뭥미?

선배 언니 딸이 초면이라 같이 식사하기 불편하다, 선배 언니도 본 지 오래되어 어색하다 등등에 내가 당황하여 '갑분싸'(갑자기 분위기 싸해짐)를 들어 설득했으나 막무가내였다.

내 눈에만 안 보이는

"엄마, 나 무지 내성적이고 소심소심 극소심이라고!"

뭐, 네가? 그렇게 사교적이었던 네가 갑자기 열여덟 살에?

"그러니까. 내가 얼마나 힘들었겠어. 맨날 모르는 애들 집에 오면 놀아 주라고 하고…."

"그건 그 애들 엄마가 상담 받으러 왔으니까 그동안에 잠깐…."

"그걸 아니까 내가 참고 놀아 준 거지. 그리고 잠깐 아니었어. 적어도 한 시간 이상!"

그랬겠지. 남편의 외도, 폭력으로 이혼을 고민하다 온 여성들이 펼쳐 내는 인생 만리장성이 잠깐일 리는 없지.

"엄만 나를 너무 몰라."

이십 대 초반부터 큰애는 내게 아주 낯선 사람이 되었다. 대놓고 극소심을 드러내는, 그리하여 자기답게 살기 시작했다. 큰애가 미술을 좋아하는 이유도 혼자 조용히 자기 세계에 있을 수 있기 때문이란다. 자기는 시끄러운 곳도 싫고, 친구도 자기 포함 셋 이상이면 집중이 안 된다고 한다. 사람 많은 곳이 싫은 가장 큰 이유는 사람들마다의 체취가 다 느껴져서 두통이 나기 때문이라는 것이다. 고교 때 수학여행지 숙소에서 누군가 흘리고 간 옷을 코로 인지하여 주인에게 찾아 준 적도 있노라 했다. 희나도 낯선 음식을 먹기 전에는 항상 냄새로 먹을지 말지를 결정하는데 큰딸애도 귀와 코에 초미세 예민센서를 달고 있을 줄이야.

사실, 나도 소심이라면 한가락 한다. 초등학교 3학년 때까지는 수업 시간에 일어나서 책을 읽지 못했다. 떨려서 내 차례가 다가오는 동안 손톱을 물어뜯거나 오줌이 마려웠다. 여전히 소심하고 간이 작아 고스톱을 칠 때, 3점만 나면 금방 스톱을 해서 '재미없는' 존재로 살고 있다. 55세에 운전면허를 딴 것도 표면상 이유는 어머니의 반대였지만 속내는 평균 이상의 소심함과 두려움이다.

강연과 토크쇼와 행사 사회를 직업으로 하지만 그것이 나에게는 사회성 발달의 증거가 될 수 없다. 나는 청중이나 관객과 일정한 거리를 두고 따로 혼자 떨어져 있으며 그들은 내게 단일한 존재이기 때문이다. 나는 사교적이지 않다. 사람들과 만나 오랜 시간 있기가 힘들다. 친구들과 만나 2, 3차 차수 변경을 해 가며 노는 일은 거의 해 본 적이 없다. 평생을 프리랜서로 산 것도 조직 생활을 피하고자 한 본능적 선택이었을지 모른다. 자폐 스펙트럼은 이렇게 내게도 정신의 한 측면으로 존재해 오고 있다.

연예인 중에 소심형, 심하면 무대 공포증이 있는 사람이

내 눈에만 안 보이는

꽤 있다고 한다. 그런데 그들은 연기나 노래에 대한 탁월한 자아 몰입, 타인을 인식하지 않는 일종의 자폐 능력으로 대중 앞에 서게 되는 것이니 아이러니하다.

이렇게 따지면 자폐 스펙트럼에서 완전히 벗어난 사람은 없을지도 모른다.

콩나물시루가 필요해

　발달장애 어린이 여름 캠프가 끝나고 무용 수업을 맡았던 곽 샘을 만났다. 어땠냐는 내 질문에 곽 샘은 특유의 느릿느릿한 말투로 말했다.

　"이 아이들이 별로 다르지 않았어요. 다 똑같아요, 애들은. 올라가는 거 좋아하고 누워서 구르는 거 잘하고, 틈새가 보이면 거기에 뭐라도 넣어 보는 거 재밌어하고요. 이상한 게 아니에요."

　그는 부모들이 자식에 대한 사전 정보로 제공한 기록지를 전혀 읽지 않고 수업에 임했다고 했다. 혹시라도 편견을 가질까 봐 그랬다는 것이다. 그리고 나중에 기록지를 보면서 의아했다고 했다.

"마치 약속이나 한 듯이 우리 아이에게 이런 문제행동이 있다는 내용이 주로 적혀 있었어요. 그들의 행동이 무슨 문제를 일으켰기에 문제행동이라고 하는 걸까요?"

곽 샘은 고개를 갸웃거리며 진지하게 내게 물었다. 그 자신도 어린 딸을 키우고 있고 어린이들과 몸으로 하는 수업을 자주 진행하던 터였다.

"그런데 제가 깜짝 놀란 게 있어요."

여전히 느릿한 말투로 말하는 곽 샘이 놀란 것은 과연 무엇?

"수업 내내 피아노를 치던 친구가 있었어요. 그것도 아주 쿵쾅거리면서요. 그런데 부모가 쓴 기록지에는 '아이가 소리에 과민하다. 가능하면 소리가 크게 나지 않게 부탁한다'고 쓰여 있는 거예요."

이건 모순이 아닌가.

"그 아이는 모든 소리를 싫어하는 게 아니었어요. 피아노처럼 좋아하는 소리도 있는 거지요. 음색과 음량, 이런 것들에 따라 호오가 갈리는 것을 자세히 파악하지 않고 무조건 소리를 싫어한다고 단정 짓는 것은 좀…"

나는 사물놀이의 장구 소리는 좋은데 꽹과리의 날카로

° 자폐증의 관점으로 보면 이른바 '정상적'인 뇌는 쉽게 산만해지고 강박적일 정도로 '사교적'이다.

운 쟁쟁 소리를 들으면 어금니에 침이 고이면서 소름이 끼친다. 피아노 소리는 좋아한다. 명료하게 똑똑 떨어지면서도 부드럽게 이어지는 피아노 선율을 사랑한다.

"그 녀석 왠지 나랑 필이 통할 거 같은데요."

내 말에 곽 샘이 더 진지해졌다.

"그렇죠? 저도 참가자들 중에 저랑 비슷한, '나도 혼자 있을 땐 저러는데…' 하는 생각이 들게 하는 친구를 봤어요. 그래서 수업이 완전 재밌었어요."

곽 샘의 경험에 따르면 소위 사회성이 정상 발달했다는 아이들은 남의 눈을 의식해서 자신에게 솔직하지 못하다고 한다. 하고 싶은 걸 하면서도 '혹시?' 하고 눈치를 살핀다는 것이다. 그런데 장애로 여겨지는 그들은 있는 그대로, 자기답게, 자연스럽게 시간을 보내는 능력을 맘껏 펼쳐 몸으로 하는 수업의 본래 의도를 절로 충족시켰다는 것이다.

자폐증의 관점으로 보면 이른바 '정상적'인 뇌는 쉽게 산만해지고 강박적일 정도로 '사교적'이라는 분석이 떠올랐다.

캠프를 담당했던 '사단법인 누구나'의 스태프는 프로그램 매니저 캔디였다. 초등학생 아들을 키우는 엄마로서, 발달장애 청년들의 취업 멘토 경력자로서, 그는 남다른 촉을 가지고 있었다.

"수업을 마치고 부모들이 데리러 왔는데 한결같이 하는 말이 '우리 애가 뭘 했어요?'였어요. '그냥 놀았어요'라고 했더니 표정이 밝지가 않은 거예요."

그냥?

놀았다?

부모들은 장애 비장애를 떠나 애들이 그냥 노는 것에 만족하지 않는다. 뭐라도 배워야 하는 것이다. 게다가 큰돈은 아니지만 참가비도 냈으니 건져 가는 게 뭐라도 있길 기대하는 것이다.

"저도 곽 샘의 수업에 함께하면서 처음에는 아이들이 가만있는 것을 두고 보질 못했어요. 가만히 누워 있는 아이한테는 '어디 아프니?'라고 했고, 창문 밖을 멍하니 보고 있는 아이한테는 '왜, 재미없어?'라고 했어요."

그러다가 곽 샘이 그들 옆에서 똑같이 눕기도 하고 나란히 서서 창밖을 같이 바라보기도 하는 것을 보면서 자신도 어떻게 함께 있어야 하는지 알게 되었고 그러자 재미있어졌다고 했다.

콩나물시루가 생각났다. 물이 다 새도 콩나물이 자라는 비법은 검은 천이 아닐까 싶었다. 어떤 콩이 물을 얼마나 먹는지, 안 먹고 딴짓하는 콩은 없는지 감시하는 시선을 검은

내 눈에만 안 보이는

천이 차단해 주는 것은 아닌지.

그냥 저 편한 대로, 하고 싶은 짓을 하며 있어도 되는 환경, 타고난 성향대로 자유롭게 수용하는 콩들과 함께 살 수 있는 콩나물시루가 필요한 것은 아닐까.

"다음에는 아이가 잘하는 거, 좋아하는 거, 즐겨서 자주 하는 거, 이런 거 위주로 부모님께 적어 오시라고 하려고요."

그것 참 좋은 생각. 누구에게 어떤 것이 나올까. 우리가 본 것과 부모가 본 것은 같을까, 다를까.

2부

냉장고 엄마는 없다

죽을 뻔한 엄마 고시원

희나가 고등학교를 졸업하면서 내 마음속에는 블랙홀
이 하나 생겼다. 아니 점처럼 존재했던 것이 점점 커졌다고
해야 맞을 거다. 희나의 고교 졸업식장은 눈물바다였다. 사
제 간의 석별의 정이 아니라 부모들의 한숨 어린 눈물이었
다. 이젠 아이가 어디로 가야 하나.

사실 특수학교는 고등 과정까지만 되어 있고, 일부 전공
과가 나중에 생기긴 했지만 그것 역시 특수학교 내의 1등급
만 가능할 뿐, 성인 발달장애인은 갈 곳이 없다. 복지관과 주
간활동센터는 턱없이 부족하고 집에서 아이들이 할 수 있는
가장 즐거운 일은 먹는 일, 비만으로 결국 건강까지 나빠지

게 된다.

　졸업 이후 집에서 탱자탱자 하는 아이를 보며 까만 점이 점점 커져 갈 무렵 나는 친구의 전화 한 통으로 블랙홀 속으로 빨려들어 갔다.

　청소년들과 지낸 경험이 많은 그 친구는 희나에 대해 "교육이 되는 애야. 다만 고집이 좀 세서 학습이 안 되는 거야"라고 말했다. 나는 설리번 선생을 만난 듯 기뻤다. 나와 희나는 당장 짐을 꾸려 친구 집 근처에 방을 얻었다.

　희나는 친구가 소개해 준 지역 청소년 그룹들과 어울렸다. 나는 그들의 공부를 도와주고 그들은 희나를 도와주고. 꿈꾸던 커뮤니티가 형성된 것이라 믿었던 나는 내 사회 활동을 다 접고, 친구들과 연락도 끊고, 입대 심정으로 매일매일 각오를 다졌다. 희나가 '일반적인' 또래와 함께 산책하고 책상에 앉아 제 몫으로 주어진 뭔가를 하고 같이 밥을 먹는 모습을 보는 것은 흐뭇했다. 발달장애를 가진 자식을 키운 엄마들은 '그저 일반학교만 제 발로 다닐 수 있었으면'이 큰 바람이다. '공부 못한다'고 푸념하는 엄마들을 배부른 소리라고 생각하면서.

　새로운 자극, 제 또래들이 어떤 일상을 보내며 자기들끼리 어떻게 놀고 지내는지를 보고 알게 되는 것이 희나의 성

　　　　　　　　　　냉장고 엄마는 없다

장을 촉진할 것 같았다. 솔직히 더 밑에는 내 자식이 정상화될 수 있다는 희망이 날개를 접은 내 암울한 삶의 한 줄기 빛으로 있었다.

레벨 업. 친구는 이제 희나가 할머니와 이모와 완전히 격리되어야 한다고 했다. 어리광을 받아 주던 존재들이 사라져야 다음 레벨로 성장할 수 있다는 조언이었다.

그러나 그건 희나보다 나에게 요구되는 레벨 업이었다. 여태껏 엄마와 언니 품에서 살아왔던 나. 엄마는 머지않아 돌아가실 것이고, 언니에게도 언제까지 동생 삶의 뒤치다꺼리를 맡길 수는 없었다. 그분들의 노고는 충분을 넘어 넘쳤고 당신들만의 자유로운 삶을 조금이나마 즐겨야 한다고 생각했다. 희나의 독립은 곧 나의 독립, 즉 늦깎이 엄마 자격증 공부였다. 아침저녁 밥을 해 먹이고 목욕하고 재우고 빨래를 하고, 일요일에는 어디든 외출해서 시간을 보내고…. 아침에 집에서 나와 짜인 일과를 소화하고 저녁때 희나를 데리고 돌아온 집이 불 꺼진 빈집이라는 서글픔은 성장통으로 여겼다.

내가 힘든 만큼 아이에게 성과를 기대했다. 보란 듯이! 누구 보란 듯이? 가족들 보란 듯이? 세상 사람들 보란 듯이? 아니었다. 바로 나 자신에게 보란 듯이었다. 내가 엄마로서 뭔가를 해 줘야 하는데 그걸 놓치고 있는 것이 아닐까 하는 의구심이 바로 블랙홀의 씨앗이었다. 그것이 점점 자라면서 나는 심연으로 빠져들고 있었던 것이다.

새벽마다 깨어나 이제 할머니도 이모도 없고 우리 집도 아닌 곳을 현실로 확인한 아이가 팔팔 뛰며 울 때마다, 나는 깨어서 달래고 어르고 으름장을 놓아야 했다. 불안정한 수면과 재미없는 삶으로 아이도 나도 몸이 마르고 심신이 지쳐가고 있었지만 버텨야 했다. 아이는 스물둘, 나는 쉰다섯. 마지막 기회였다.

시골의 빌라 2층은 허술하여 매일 아침이면 1층 할머니가 층간 소음을 따지러 왔다. 그 할머니 눈에 나는 세상에서 제일 불쌍한, 그래서 가끔 호박도 주고 깻잎도 주지만 때론 무시하고 만만하게 보며 "언제 이사 갈 거냐"고 기분 내키는 대로 막말을 던져도 되는 존재였다.

나는 만성 수면 부족이었다. 머리는 멍했고 식욕도 없었다. 아이는 날씬해져서 이뻐졌다는 소리를 듣는데 나는 '팔십 노인보다 못한 맥'이라는 소리를 들었다. 저녁에 돌아와 밥을 먹는 둥 마는 둥, 지친 몸을 뉘고 자다가 새벽에 울음소리에 깨어나 실랑이를 한판 벌이며 뿌연 새벽을 맞고, 시간도 기력도 의욕도 없어 집은 난장판을 넘어 쓰레기장이었다.

애초 예정한 석 달이 지났지만 나는 어떻게 해야 할지 몰랐다. 국영수 단과반도 석 달로는 점수가 눈에 띄게 오르기 어려운 법인데 하물며 장애와의 싸움이랴. 한번 뽑은 칼, 종이 한 장도 못 베었는데 그만둘 수도 없는 일, 밤마다 답 없는 고민의 연속이었다.

가족 없이 추석을 줍게 보내고 이듬해 설날을 아이와 둘이 섭게 보내면서 나는 넋이 나가고 있었다. 친구들과 선배들이 걱정 어린 안부 전화 뒤에 '탈 고시원'을 조언해도 나는 고집했다. 아이를 위해서라는 대의는 사라지고 이 자리에서 승부를 보고야 말리라 하는 내 인생에 대한 오기였다. 우리 가족 누구도 희생이라며 원망하지 않았지만 내 딸이 누군가를 희생시키는 존재가 되게 하고 싶지는 않았다. '희나 때문에'라는 것은 결국 그 애를 낳은 '나 때문에'이기에 그것을 참을 수가 없었다.

그러나 내 영혼은 계속 구조 신호를 보내고 있었다. 친구들에게 전화를 했다. 무슨 일 있냐고 하면 아무 일 없다고 했지만 계속 여기저기 전화를 했다. 그 무렵 자폐 자녀와 동반 자살한 부모의 소식이 뉴스를 덮고 있었다.

"아무래도 걱정돼서 저녁밥 차린 거 고대로 싸서 들고 왔어."

부부가 모두 내 친구인 그들이 옮겨 온 저녁을 먹는데 눈

67

물이 났다. 밥을 함께 먹을 사람이 있다는 것이 얼마나 의지가 되는 것인지…. 나는 그들의 우정에 기대 좀 쉬고 싶었다.

그들이 차를 타고 떠나려는 순간 나는 어린애처럼 올라타고 말았다. 그들이 사라진 집에 다시 홀로 남겨진다는 생각은 '죽음'의 공포였다.

어디로?

서울 절친의 집으로! 밤에도 네온사인 화려한 그곳은 '공포'가 쫓아오지 못할 것 같았다.

얼마 전 '탈 고시원'을 설득하러 찾아왔던 절친은 자정이 넘은 시각에 이불을 깔아 놓고 우리 모녀를 기다리고 있었다. 무단가출 소녀는 왜 집이 아닌 친구 집으로 갔을까? "거봐라, 잘난 척하고 나가더니, 애꿎게 애만 고생시키고…" 엄마나 언니가 그런 말을 하진 않을 것을 알면서도 왠지 마음이 내키지는 않았다.

친구의 집에서 눈을 뜬 아침, 나는 고시원 퇴실의 수순을 밟기 시작했다. 계약 기간 만료 이전의 전셋집은 세입자가 빼서 나가야 한다는 부동산 관행에 따라 집이 나가기를 기다렸다. 말년 병장의 심정으로 카운트다운을 하던 어느 날 희나가 그만 길에서 경기를 일으키며 쓰러지고 말았다. 온몸이 경직되고 눈이 뒤집히고 입에선 거품이 보글거리고…. 나는

　　　　　　　　냉장고 엄마는 없다

필사적으로 아이의 손가락을 깨물어 피를 냈고 주위에 모여든 사람들에게 119를 외치고 구급차를 타고 달려가는데, 사이렌 소리는 내 귀에서 더 크게 나고 있었다.

희나는 다섯 바늘을 꿰맨 머리가 돼서야 할머니와 이모를 만날 수 있었다. 내 곁에는 오지도 않고 이모와 할머니 치마폭에서만 놀더니 급기야 나에게 달려들어 꼬집기를 하는데 온몸을 부르르 떨면서도 한번 잡은 내 살점을 놓지 않았다. 악 소리 나게 아팠지만 나는 어떤 소리도 내지 않았다. 자식이 힘든 것은 생각하지 못하고 엄마라는 내 고시 공부에만 매몰되었던 벌이라 여겼다.

나 또한 엄마와 언니를 만나면서 살아나기 시작했다. 나는 거의 죽어 가고 있었던 것이다. 내가 좋아하는 것, 내가 하고 싶은 것이 다 사라져 버렸고 나를 감지할 수 있는 것들이 아무것도 남아 있지 않았다. 어떤 순간에도 즐거움을 느끼지 못하면서 판단력 상실의 상태까지 가 있었으니 말이다.

엄마로서만 살기로 하는 순간, 내 삶이 '나'와 멀어진다. 그러면 위험하다. 내가 위험해지면 아이는 더 위험해진다. 이 교훈을 얻는 것으로 고시원은 마감되었다. 그리고 우리 가족은 서귀포로 이주했다. 희나 나이 스물넷이었다.

˚ 엄마로서만 살기로 하는 순간,
내 삶이 '나'와 멀어진다. 그러면
위험하다. 내가 위험해지면 아이는
더 위험해진다.

냉장고 엄마는 없다

"제가 꼭 소개해 드리고픈 사람이 있어서요. 그분이 자폐증에 대한 책을 번역했는데 마침 서귀포에 오셨어요."

명상 도반 자성님의 전화였다. 그가 소개한 사람은 강병철 선생, 서귀포에서 유명한 소아과 의사였다. 공중보건의로 제주에 왔다가 원시적 자연과 평화가 깃든 이곳에서 자녀들을 양육하면 좋겠다 싶어 이주를 한 원조 이주민으로, 아이들이 청소년기에 접어들자 캐나다로 다시 이주를 했다. 의사 생활을 접고 외국에서 그가 한 일은 번역이었다. 선진적인 지식을 한국에 알리고자 1인 출판사를 냈고 적자를 보면서 그 일을 이어 갔다니 보통 사람이 아니었다.

《뉴로트라이브: 자폐증의 잃어버린 역사와 신경다양성의 미래》라는 책 제목을 보는 순간 '잃어버린'이라는 단어가 호기심을 자극했다. 그런데 강병철 선생이 쓴 옮긴이의 말을 읽는 순간 심장이 마구 뛰었다.

> '자폐증'이란 말을 들으면 우리는 무엇을 떠올릴까?
> 평생 자기 속에 갇혀 지내는 불치병, 말도 못 하고
> 대소변도 못 가리는 저능아, 예전에는 드물었지만 최근
> 들어 [사악한 기업들이 일으킨] 환경오염으로 인해 급증한
> 병, [돈에 눈이 먼 제약회사와 의사들 때문에] 백신을 잘못
> 맞아 생기는 병, 비타민을 대량 투여하거나 해독요법을
> 통해 몸속의 독소를 빼내 주면 완치 가능한 병, 우유와
> 밀가루 음식[글루텐]과 식용색소와 화학조미료를
> 피하면 낫는 병, 개를 훈련시키듯 보상과 처벌을 이용한
> 행동요법으로 정상화시킬 수 있는 병….
> 미안하지만 틀렸다. 틀린 정도가 아니라 단 한 마디도
> 옳지 않다.

우리 가족이 희나와 함께 씨름해 온 20년 넘는 세월이 주마등처럼 지나갔다. 이 중에 내가 안 해 본 방법이 있을까.

냉장고 엄마는 없다

더했으면 더했지 결코 덜하지는 않았다. 심지어 나는 서양에는 없는 굿까지 해 봤다. 원인도 해결책도 모르는 발달장애이고 보니 병원보다 다른 쪽에 쏠리기가 쉬웠다. 물이 답이라 해서 미친 물값에도 아까운 줄 모르고 사 먹여 보았고, 식이요법이 답이라 해서 아침마다 유기농 채소를 한 냄비씩 볶아 온 가족이 초근목피 시절로 회귀도 해 보았다. '치료'자 붙은 것은 맛보기로라도 다 해 보았다. 맹모가 되려다가 맹목이 되기 쉬운 것이 '특수'나 '장애' 자를 달고 있는 부모들의 처지이다.

그런데 다 틀렸다는, 단 하나도 옳지 않다는 것 아닌가.

나는 강병철 선생의 북 토크를 준비했다. 포스터 제목은 '뇌가 궁금한 모든 사람들을 위한 강연'이라고 붙였다. 장애 어쩌고 하면 일반인들은 절대 오지 않는 게 현실이다. 부모도 중요하지만 지역사회 이웃들의 인식도 중요하기에 나는 그들을 낚을 요량이었다.

자폐라는 명칭은 도대체 어떻게 만들어진 것일까?

"자폐라는 말을 처음 쓴 사람은 미국의 정신과 의사 레오 카너입니다. 그의 진단은 신처럼 여겨졌고 그는 미국 정신 의학계를 오랫동안 지배했습니다. 그는 자폐의 원인을 '냉장고 엄마'라고 했습니다. 최초의 사회적 접촉인 엄마가 냉장고처럼 차가워서 아이가 그리되었다는 것이지요. 그러나 11년 후 그는 잘못된 판단으로 인정했습니다. 자폐에 대한 연구가 거의 없던 암흑기에 부당한 비난이었지요."

"그러니까 냉장고 엄마 이론은 잘못된 것이란 말씀이지요?"

나는 재차 확인했다.

"그럼요."

묵은 체증이 쑥 내려가면서 오래전 일이 떠올랐다.

의학계의 어느 학회에서였다. 발표자는 정신과 의사였다. 자폐성 장애가 있는 자녀를 둔 부모들이 그의 진단을 한번 받으려고 길게 대기하고 있다는 사람이었다. 그가 냉장고 엄마 이야기를 했다. 말하자면 그는 미국에서 유학한 한국의 레오 카너였다. 그의 발표를 듣는 내내 화가 나서 참을 수가 없었다.

'여자들이 엄마라는 이름으로 얼마나 힘든데, 그 아이들을 돌보느라 걱정하느라 지쳐 있는 여자들, 그들에게 죄책감의 랩을 씌워 질식하게 만드는 저 말들, 냉장고 엄마가 자폐 원인이라며 금과옥조인 양 무한 반복할 정신과 의사들, 의사의 진단을 대법원의 판결인 양 받아들여 주저앉아 통곡할 엄마들.'

저 말을 당장 막아야 한다. 더 이상 전염되지 않게 빨리 소독약을 뿌려야 한다. "혹시 질문…" 소리가 나오기 무섭게 손을 들었다. 뭐라고 했는지 정확히 기억이 나지 않는다. 지금도 또렷한 기억은 내 온몸이 부들부들 떨렸다는 것뿐이다. 미국에서 배워 온 의학적 전문성 앞에 감정만으로 전투태세를 취할 수밖에 없었던 굴욕을 잊을 수 없다.

그런데 '냉장고 엄마는 없다'는 미국발 전문적 물증이 한국에 상륙한 것이 아닌가.

이제는 쿨하게 말하리라.

"레오 카너가 11년 만에 잘못된 판단이라고 냉장고 엄마를 철회했다는데 모르고 계셨나 봐요."

그리고 단호하게 일갈하리라.

"냉장고 엄마는 처음부터 없었습니다."

자폐증의 잃어버린 역사

자폐증은 어떤 역사를 잃어버린 것일까. 시간은 1911년으로 거슬러 올라간다. 배경은 어린이 병원. 첫 등장인물, 에르빈 라차르는 의사이자 교사이며 사회 개혁가로 특수교육을 시작했다. 그는 자신이 보살피는 어린이들이 어딘가 잘못되어 있거나 결함이 있거나 병들었다고 생각하는 대신, 자신의 학습 스타일에 맞는 교육 방법을 제공받지 못해 고통을 받는 존재라고 생각했다. 그는 아무리 다루기 어렵고 반항적인 어린이에게서도 숨겨진 잠재력을 발견하는 데 탁월한 재능이 있었다. 그는 이렇게 말했다.

"결국 인류 전체가 고유한 성향에 따라 각기 독특한 특

냉장고 엄마는 없다

성을 지닌 뉴로트라이브(신경다발)로 구성되어 있다. 어린이들을 '환자'가 아닌 미래의 제빵사, 이발사, 농부, 교수, 엔지니어로 바라보아야 한다. 어떤 어린이는 고딕 시대나 르네상스 시대의 인물이 이십 세기로 시간 이동을 한 것처럼 보였다. 또 어떤 어린이는 부모와 전혀 다른 계급이나 인종에 속하는 것처럼 보이는 경우도 있었다."

그가 펼친 특수교육의 핵심은 어린이들이 상호 존중과 인정이라는 분위기 속에서 서로 반응을 주고받는 방법을 배우도록 하는 것이었다. 말하자면 공감을 바탕으로 한 특수교육이었다.

인간 존중이 탁월한 이 멋진 '특수교육' 팀에는 다양한 사람들이 합류해 있었는데 정신과 의사, 심리학자, 내과 의사 등이었다. 그중에 교사이자 심리 분석가인 아우구스트 아이크호른이란 사람은 이렇게 말했다고 한다.

"다루기 힘든 어린이나 청소년들은 삶에서 너무 큰 짐을 짊어진 나머지 부정적인 행동을 하거나 사회를 증오한다고 해도 전혀 이상할 것이 없는 사람들이다. 따라서 편안하게 느낄 수 있는 환경을 만들어 주어야 한다."

다음 등장인물은 빅토린느 자크 수녀였다. 자크 수녀는 특이한 어린이들과 어울려 지내는 데 자신만의 특별한 비결이 있었다고 한다. 교육 프로그램은 자크 수녀에 의해 편성되었는데 그녀는 음악, 문학, 자연과학, 드라마, 언어, 체육 등을 통합하여 정신의 형성 시기에 있는 어린이와 청소년에게 정신적 자양분이 공급되도록 했다. 소아정신과 의사로서 그 팀에 합류한 한스 아스퍼거는 그녀를 가리켜 특수교육팀의 진정한 천재라고 칭찬을 아끼시 않았다고 한다.

너무 특이해서 '환자'라고 불렸던 어린이와 청소년에 대한 진단법은 '집중적 관찰'이었다. 학교에 있을 때, 놀 때, 식사할 때, 쉴 때 어떻게 행동하는지를 관찰해야만 그들이 처한 상황의 진정한 실체를 전체적으로 파악할 수 있다고 믿었고 이 관찰법의 고수는 역시 자크 수녀였다. 그녀는 어린이의 행동을 '머리부터 발끝까지' 관찰하는 것이 무엇보다 중요하다고 했다.

자크 수녀가 수많은 검사와 억지로 진찰실에 끌고 들어가는 것만으로는 부족하다고 말한 대목에서 나는 울컥했다. 관찰을 통한 공감 없이 물건 다루듯이 이리저리 끌고 다녔던 나의 경험과 지금도 그렇게 하는 것 외에 다른 길을 알지 못하고 있을 많은 부모들이 생각나서였다.

나는 이 책을 머리맡에 놓고 매일 조금씩 읽었다. 사전 두께인 데다 저널리스트가 쓴 책이라서 그런지 정보가 너무 세밀하고 다양해서 술술 읽히지 않았기 때문이다.

1911년, 내가 태어나기도 전에 이미 자폐를 병이라기보다 개성으로 보고 접근한 시각이 있었는데 그걸 모르고 있었다니…. 그래서 공부를 해야 한다. 비싼 돈 내고 과거의 없던 잘못까지 탈탈 털려 가며 '전문가'의 진단을 받으러 다닐 게 아니라 아이를 '관찰'해야 한다. 불안과 절망에 시달릴 게 아니라 잠재력을 찾아내야 한다. 잃어버린 역사를 복원해서 장애가 아닌 다양성으로 이해한다면 미래는 밝을 수 있다는 희망을 안고 잠을 청할 수 있었다.

역시 아는 것이 힘이다.

태교는 완벽했어요

임신 중에 무엇을 먹고 무엇을 생각하고 마음 상태는 어떠했으며 남편과의 관계는…. 그것은 물음이 아니었다. 취조였다. 기억할 수 없는 일까지 기억하려고 애썼다. 그것을 기억해야만 내 아이가 갇혀 있는 지옥의 열쇠를 받을 수 있을 거라는 생각으로 영혼을 물구나무 세워 탈탈 털었다.

그렇게 털고 온 날은 밤에 잠이 오지 않았다. 내 속에서 나온 것들을 복기하며 괴로워했고 혹시 빠뜨린 죄가 없나 끝없는 자기 검열의 쳇바퀴를 돌려 댔다. 어떤 엄마는 대학 시절 캠퍼스 커플이던 남친과 모질게 헤어졌던 것에 대한 벌이 아닌가라고 자백하기까지 했단다. '장애' 자가 달려 있는 복지 시설이나 '소아 정신' 자가 달린 병원 어디를 가나 묻는 건 이런 것들뿐이었다. 아무리 충실하게 답했어도 그들의 입에서 솔루션은 나오지 않았다. 젠장, 솔루션도 못 찾아낼 것을 왜 그렇게 많이 물어보는 거야. 치부까지 들춰낸 다음 다 보았으니 이제 그만 가 보라는 격이니 화가 치밀었다. 불행감이 가중되었다.

그 이후로 나는 취조실에 들어가게 되면 먼저 선빵을 날렸다.

"임신부터 낳은 후까지 최선을 다했습니다. 저뿐만 아니라 친정어머니와 언니까지 나서서 아이를 사랑으로 돌보았습니다."

그들이 내미는 체크리스트에 1도 망설임 없이 '매우 그렇다'와 '전혀 그렇지 않다'에 숨도 쉬지 않고 표시했다. 아마 만점이었으리라. 거짓말이 아니다. 첫애 때에 비해 둘째 때는 경제적으로 안정되었고 친정집에서 어머니의 돌봄을 받았으며 태교 음악으로는 헨델과 바흐 같은 고급진 클래식을 들었다. 나중에 이혼을 했지만 출산 때까지는 부부 사이도 이상 없었다.

태아에게 타격이 갈 만한 이렇다 할 사건이 없고 현재 안정적인 돌봄을 받고 있는 상황이면 그다음에는 솔루션이 나올 줄 알았다. 원인 규명은 못 하더라도, 아니 원인 규명도 솔루션을 위한 것이니 그것도 그만두고, 최소한 지금부터 아이에게 무엇을 어떻게 해 주라는 매뉴얼이라도 줄 줄 알았는데 맹탕이었다. 나는 진단을 받으러 다니는 일을 하지 않기로 했다. 그리고 나 스스로에게 선언했다.

"태교는 완벽했어!"

아무 의미 없는 죄책감에 시달리며 불면과 불안에 시달리는 대신 잘 먹고 잘 자서 심신이 건강한 '엄마 근육'을 키우기로 결심했다. 설혹 뭔가 걸리는 일이 있더라도 거기 사로잡혀서는 안 된다. 뒤를 돌아보며 걸으면 앞에 놓인 돌부리에 걸려 넘어질 수도 있다. 과거와 단절하라. 잘못한 일이 떠오른다면 잘한 일도 찾아내 상쇄하라. 취조실에서 털릴 때의 기억력이라면 잘한 일을 찾아내기도 그리 어렵지는 않으리.

또 뭔가 큰일이 있었다 해도 넘어가야 한다. 이혼할 때 첫돌도 안 된 희나가 친할머니 댁에 갔다가 바뀐 환경 탓인지 고열이 나고 크게 아팠던 적이 있다. 그 충격으로 아이가 이리되었을까? 쿵 심장이 내려앉았지만 거기 매인다면 계속 심장이 고생할 것이다. 앞만 보고 가자! 어차피 인생은 고속도로를 달리는 자동차처럼 후진이 불가능한 것 아닌가. 과거의 경험에서 깨친 것을 앞으로 나아가는 데 가이드라인으로

냉장고 엄마는 없다

삼는다면 과거의 잘못도 약이 될 수 있다.

아이도 태중에서 최선을 다했을 것이다. 양수와 탯줄에 의지해 자신에게 주어진 생명을 두 주먹 꼭 쥐고 지켜내 마침내 태어난 것이다. 하늘과 땅이 합해졌다는 사람으로 어엿이 세상에 나온 것이다. 엄마인 나와 아이의 몇 달에 걸친 공동 작업을 너무 가벼이 여기는 사람들의 말과 태도에 쉽게 무너져서는 안 된다. 그건 아이에게 너무나 미안한 일이다.

자폐 3급 판정을 받은 아들을 둔 엄마가 어느 날 내게 하소연을 했다. 하루는 아들이 복지관에 다녀오자마자 "엄마, 나 임신했을 때 뭐 잘못 먹었어요?" 하더란다. 버스에서 사람들이 "쟤 엄마가 쟤 가졌을 때 뭐 잘못 먹은 모양이다"라고 수군대는 소리를 들은 것이다.

"할 말이 없더라고요."

"왜요?"

"미안해서요."

"뭐가 미안한데요? 정말 뭘 잘못 먹은 게 아니잖아요."

"그렇죠. 과일도 못생긴 건 피하고 이쁜 것만 골라 먹었는데…."

"아, 그래서 아들 인물이 그렇게 좋군요."

눈물을 글썽이던 사람이 아들 인물 칭찬에 이내 웃음을

띠었다.

"아들한테 지금 제게 한 말을 그대로 해 주세요. 과일도 이쁜 것만 골라 먹어 네가 지금 이만큼 잘생긴 거다!"

이번에는 깔깔 웃었다.

"자, 제가 하는 말 따라서 해 보세요. 태교는 완벽했다!"

"네?"

"그래야 아들도 버스에서 자신 있게 말할 거 아녜요. '울 엄마 과일도 이쁜 것만 먹고 태교가 완벽했대요'라고."

그 엄마, 손뼉까지 쳐 가며 빵 터졌다. 상상만 해도 뻥 뚫리는 모양이었다.

조금만 약해 보여도 무시하고 겁주는 세상에서 아이와 나는 인생이라는 두 번째 공동 작업을 해 나가고 있다. 겁먹지 않기 위해 나도 두 주먹을 꼭 쥔다. 그리고 겁주려는 질문에 곧장 대응한다.

"태교는 완벽했어요! 너무너무!!!!"

뻔뻔하다 해도 괜찮다. 그 정도는 두꺼워야 내 삶의 속살을 지켜 낼 수 있으니까.

냉장고 엄마는 없다

˚조금만 약해 보여도 무시하고 겁주는 세상에서 겁먹지 않기 위해 나도 두 주먹을 꼭 쥔다. 그리고 겁주려는 질문에 곧장 대응한다.

"태교는 완벽했어요! 너무너무!!!"

카펫의 교훈

페르시아는 카펫으로 유명하다.《알라딘》에 하늘을 나는 양탄자가 등장하는 건 우연이 아니다. 그런데 그 나라 카펫의 장인들은 온전하게 작품을 완성한 후 한 가닥의 실을 뺀다고 한다. 일부러 흠을 내는 것이다.

왜?

신의 저주를 피하기 위하여.

웬 저주?

완벽을 추구하는 것은 신에 대한 도전이므로.

완벽은 원래 구슬 이름이다. 중국 춘추전국시대에 초나라의 변화라는 사람이 발견하였는데 티 하나 없다 하여 완벽이라 불렸다. 그런데 구슬을 탐낸 사람들에 의해 변화는 사지가 절단되는 비운을 겪었고, 마침내 왕에게 바쳐진 완벽은 그것을 탐낸 강대국 진나라의 위협을 당하는 원인이 되었다.

처음 아이의 장애를 알게 되었을 때 나는 희망을 가졌었다. 하루씩만 살자. 매일매일 하루씩만 살기로 하자. 하루를 아이와 더불어 웃으며 살자. 그러다 보면 시간이 우리를 어떤 지점에 데려다 놓을 것이다. 그러나 아이가 성장하면서 그 마음을 지키기 어려워졌다.

학교를 다녀야 하고 이 세상 또래 아이들이 걷는 궤도 이외의 다른 궤도가 없는 이상 그 궤도를 걸어야 했다. 그 궤도에 적응하도록 하는 과정이 결코 매일 웃을 수 있는 건 아니었다. 나는 조급해지기 시작했다. 빨리 서둘러서 얼른 끝내고 싶었다. 빡세게 하면 빨리 끝날 거란 게 착각의 시작이었다. 난 아이의 페이스를 몰랐다. 느린, 아주아주 느린 페이스. 순발력으로 살아온 나로서는 달팽이 페이스를 알 도리가 없었다.

스페인의 화가 호안 미로. 어떤 기자가 "선생님, 요즘은 왜 작품을 안 하고 쉬십니까?"라고 묻자 그는 이렇게 말했다고 한다.

"무슨 소리! 나는 지금 대작을 하고 있어. 휴식, 이것이야말로 대작 중의 대작이지.”

멋진 말이라고 동의를 하면서도 정작 나에게 적용하지는 못했다. 휴식은커녕 늘 과로였다. 장애라고 하는 아이의 마이너스를 내가 채워서 적어도 제로베이스까지는 만들어 줘야 그다음에 일반 아이들과 같이 자기 궤도로 순항을 할 것이라 믿었고, 그렇게 하는 것은 엄마의 의무라고 생각했다. 그래서 잠시도 아이를 가만히 두지 않았다. 그럴 수가 없었다. 쉼 없이 뭔가를 했던 것 같다. 들어오는 정보들을 자세히 따져 보거나 검증하기보다 무조건 달려들어서 이것도 시켜 보고 저것도 시켜 보는 등 적잖은 시도를 했다.

시간이 지난 지금 돌이켜 보면 그건 내가 가진 불안감에서 오는 몸부림이었지 아이에게 정말 필요했거나 도움이 되는 것은 아니었던 것 같다. 아이를 혼자 내버려 둘 수 없으니 시간을 채우기 위해서 어디라도 보내야 하고 누구라도 붙여 놓아야 했다.

그러나 마라톤에서 보듯 오버페이스를 하면 결국 주저앉는 순간이 오는 법이다. 중요한 건 제 페이스를 유지하는 것이다. 희나에게는 달팽이 페이스가 이미 정해진 그의 궤도였다. 나 또한 장애라는 낙인에 갇혀 혼돈했던 것이다. 궤도 진입까지 도와야 한다는 말은 이미 정상 궤도라는 것을 머리

냉장고 엄마는 없다

에 집어넣고 있다는 뜻이다. 말로는 장애가 다른 궤도라고 하면서 언행 불일치의 혼돈에 빠져 있었다.

'이제부터 희나의 페이스를 따라가자. 자기 궤도를 돌 수 있도록 내가 주도하지 말자.'

그러자 희나와 단둘이 있는 일이, 그토록 막막하고 힘들었던 시간이 아무렇지 않게 흘러가게 되었다.

이제 나는 아이를 동반자로 인식한다. 나 스스로 자꾸 짐 지웠던 엄마라는 의무감을 내려놓으니 너무도 쉽게 마음이 평화롭다.

'짐을 놓고 나만 일어서면 이렇게 가벼운 것을 왜 지금까지 못 했을까. 엄마는 완벽해야 한다는, 완벽할 수 있다는 잘못된 믿음과 결별하기가 그만큼 힘들었던 것은 아닐까.'

그렇다. 엄마 스스로 자신을 해방하는 날, 세상이 엄마를 해방할 것이다. 그러니 완벽과 결별하자. 절대 최선을 다하지 말자. 그래야 일상을 지속할 수 있다.

나는 매일 카펫의 올 하나를 뺀다. 숨통이 트인다.

3부

짱짱 멋진 사람들

이상한 나라의 수도원

내가 그 수도원에 자주 간 것은 나무 한 그루 때문이었다. 이름은 녹나무, 나이는 삼백 살. 굵은 몸체에서 붓으로 휘어 놓은 듯 여러 갈래로 솟아 뻗은 모습을 보는 순간, 누구라도 입이 떡 벌어지게 만드는 나무였다. 잘 다듬어진 넓은 잔디밭에 사백 년 된 비자나무, 온주 밀감의 시원지, 수도원은 굳이 천주교 신자가 아니어도 힐링 플레이스였다.

희나가 글라라라는 이름으로 세례를 받고 동반자로서 내가 엘리사벳이라는 세례명을 받게 되면서 성당을 다니기 시작했다. 희나가 미사를 견딜 수 있을까. 교적이 있는 교구 성당에 처음 나간 날, 나는 두 손을 들고 말았다. 이해할 수 없는 지루한 시간을 핸드폰 없이 견뎌야 하는 희나의 입에서는 간헐적으로 신음 소리 같은 소음이 나왔고 그때마다 찌푸린 시선들이 도처에서 날아와 꽂혔다. 고도의 집중과 고요가 요구되는 시간에 희나의 존재는 너무나 큰 방해였다.

희나와 성당에 다니고자 한 첫 번째 의도는 희나의 사회 활동 범위를 넓히고자 함이었다. 입교를 적극 권하면서 사람들은 말했다. 성당에 가면 사람들이 다 보듬어 준다고, 신앙을 가진 사람들은 다르다고, 희나에게 유익한 경험이 있을 거라고. 주 5일의 고정된 일상 후에 오는 이틀간의 자유 시간을 채울 활동이 필요한 우리에게는 희소식이었다. 그러나 피차간에 익숙해지는 시간을 인내하기에는 상황이 만만치 않았다. 아니 내가 견뎌 낼 엄두가 나지 않았다.

우리가 세례를 받도록 도움을 주신 수사님이 제주에 피정을 오셨다. 숙소라고 알려 준 곳으로 찾아갔더니 바로 그 수도원이었다.

수도원에도 성당이 있었다. 교구 성당보다 훨씬 작은 규모였고 매일 아침 7시에 미사가 있었다. 수사님과 함께 미사에 참여하며 보니 내가 평균연령 이하라고 느낄 만큼 나이 드신 분들이 많았다. 평생 신앙생활로 닦인 분들임이 외모에서부터 느껴졌다. 신앙으로 치면 나에 비해 녹나무인 셈이었다. 몇 번을 혼자 가다가 용기를 내서 희나를 동반했다. 전에 비해 사람의 수가 현저히 적어서인지 낯선 곳에서 보이는 희나의 불안과 흥분이 좀 덜했다. 그래도 난데없는 소리에 돌아보는 시선들이 없지 않았다. 포기!

그런데 어머니가 돌아가신 후 마음 붙일 곳이 한 군데라도 더 필요했던 나는 그 성당의 그레이한 분위기가 편안했고 나도 모르게 혼자서 꾸준히 나가게 되었다. 낯익어 목례를 나누는 사람들도 여럿 생길 무렵 간헐적으로 희나를 동반했다. 희나의 소리에 반응하는 시선은 없었어도 내 마음은 늘 조마조마했다. 내면을 향한 시간에 외부의 자극은 방해가 될 것이 뻔하기 때문이었다.

그날은 어쩌다가 낮에 수도원을 찾게 되었다. 원장 수사님이 갈옷 작업복이 다 젖도록 정원 손질을 하고 계셨다. 미사 시간에만 뵈었지 개인적으로 인사를 나눈 적도 없었지만 죄송하다는 말을 할 기회라 여겼다. "조용한 차중에 실례를 한다"는 지하철 상인의 심정으로 희나의 동반에 따른 방해를 사과했다.

원장 수사님은 가위질을 멈추지 않고 땀에 젖은 얼굴을 잠시 내게 향해 말했다.

"미사라는 게 원래 어수선한 거예요. 아무 걱정 말고 다니세요."

이거야말로 웬 복음!!!

마음은 전보다 편해졌지만 그래도 희나를 자주 동반하지는 못했다. 어쩌다 한 번이어야 이나마 계속 다닐 수 있을거 같다는 판단에서였다. 계약 기한이 끝나 이사를 하게 되면서 나의 마림대로 수도원 가까이에 집을 구할 수 있었다. 그렇게 되면서 희나 동반에 탄력을 받게 되었다. 곧 겨울이왔고 우리는 성당 맨 뒤에 보조 의자로 놓은 긴 벤치를 차지했다. 내가 먼저 앉으면 희나는 내 무릎을 베고 다리를 꼬부리고 누웠다. 기도문을 자장가 삼아 잠이 들었다. 아이와 이른 아침 고요한 시간을 가질 수 있음에 나는 감사했다. 늘 불안과 걱정으로 찌들어 있던 마음에서 이 시간만은 놓여나는것 같았다. 평화였다. 졸린 눈을 비비고 갈아입히는 대로 옷을 입고 차에 타고 따라와 주는 게 기특했다. 어느새 희나의큰 덩치가, 성당 출입문에 들어서면 오른쪽 피아노 앞에 보이는 것이 개근 신자들에게는 익숙한 광경이 되었다.

"저, 애기 엄마…"

미사를 마치고 나가는데 누가 뒤에서 불렀다. 점잖은 노부인이었다. 간식이 든 비닐봉지를 내미는데 희나에게 주라는 뜻이었다.

"힘들어도 꼭 나와요. 나도 기도하고 있어요."

고맙다는 말을 하려는데 말끝이 흐려졌다.

노부인이 먼저 눈물을 훔쳤다.

"나도 힘들었던 기억이 있어요. 힘내요."

확실한 아군의 첫 등장이었다.

"어머, 언니, 여기 웬일이세요?"

오래전부터 알던 후배였다. 몇 년 전 서귀포로 이주하여 이 성당을 다니고 있다고 했다. 그는 한동안 새벽마다 우리 집으로 와서 우리 모녀를 태우고 성당에 다녔다.

매일 우리 집 앞으로 걸어서 성당에 다니는 부부를 만났다. 나보다 위 연배로 희나를 기특해하고 있었노라는 말에 며칠 함께 걸어서 성당을 다니기도 했다. 고맙게도 아침 식사를 차려 주기도 했다. 걸어오느라 땀에 젖은 몸을 그 집에서 씻는 동안 그분들은 식탁을 차렸다. 난로에 구운 감자를 희나는 아주 좋아했다. 음식이 익어 가는 난롯가는 모두에게 평화와 행복의 공간이 아닌가. 잊지 못할 추억이었다.

평화의 인사를 나누는 시간에는 잠들어 누운 희나의 등을 토닥이며 "평화를 빕니다" 하는 다정한 손길이 두엇 생겼다. 그렇다고 희나가 백날 무풍지대인 것은 아니었다. 선잠이 들면 칭얼거렸다. 그런 날은 "애기가 오늘 불편했나 봅니다" 하며 위로의 인사를 받았다.

그런데 하루는 정말 태풍 수준의 일이 벌어졌다. 성당에 들어설 때부터 김밥김밥 하는 걸 미사 마치면 사 주마 손가락까지 걸고 잘 다독였는데, 제 딴에는 삭혀지지가 않았는지 미사가 한창 진행 중인네 불만스러운 자기만의 소리를 내기 시작했다. 다독다독해도 가라앉질 않았다. 그러더니 신부님이 막 강론을 시작하자 벌떡 일어나더니 가운데로 난 길로 냅다 뛰었다. 간신히 붙잡아 데리고 오는데 소리를 지르며 울기 시작했다. 나가자 해도 버티고 당황스럽기 짝이 없는 상황이 연출된 것이다. "김밥 사러 가자"고 꾀어 겨우 데리고 나오는데 신부님의 강론 소리가 들렸다.

"글라라가 오늘 기분이 매우 안 좋은 거 같습니다."

미사는 아무 일 없다는 듯 계속되고 나는 '내일부터는 절대 성당에 나오지 말아야겠다'고 마음먹었다. '쪽팔려서 못 나온다'는 게 아니었다. 성당의 분위기는 이미 그런 개념은 넘어서 있었다. 해도 해도 이건 아니라는 생각이, 그간 우리를 배려하며 품어 주었던 신자들에게 더 이상 부담을 주어서는 안 된다는 양심의 결정이었다.

희나를 차에 태워 진정시키면서 내 이기적인 욕심을 자

책했다. 차창을 두드리는 소리에 문을 열었다. 늘 일찍 와서 기도를 하는 신자였다. 여자치고는 굵은 목소리로 기억되는 분, 우리 큰언니 연배로 추측되는 분이었다.

"혹시 내일부터 성당 안 나오려고 하는 건 아니죠?"

독심술?

"너무 죄송해요."

"내 그럴 거 같아서 쫓아 나왔어요. 그러지 말아요. 나쁘게 생각하는 사람 이 성당에 아무도 없어. 다 글라라를 위해서 기도하고 있어요. 나는 아이가 소리를 지를 때 저 소리로 입이 트여 말소리가 되게 해 달라고 빌어요. 나뿐이 아냐. 모든 사람이 다 그렇게 기도하고 있을 거예요."

한 번도 말을 섞어 본 적이 없는 사람, 민폐를 견뎌 주고 있을 뿐이라고 생각한 사람들이 함께 기도를 해 주고 있었다니! 내 입에서 한숨이 나왔다. 정체 모를 숨이었다.

어린이날을 며칠 앞둔 무렵이었다.

"저기, 잠깐 이야기 좀 나눌 수 있어요?"

갑자기 서너 명의 여자들이 나를 둘러쌌다. 옷만 민간인이지, 거의 수녀님 분위기의 여자들이었다. 맨 뒤에 앉았다가 미사 후에 가장 먼저 나오는 나로서는 뒷모습만 볼 뿐이라 다 낯이 설었다.

요지는 희나를 위해 다 함께 기도를 해 주겠다는 것이었다. 나는 어안이 벙벙했다. 그들은 무슨 조직의 팀이 아니었다. 희나와 나를 보며 '뭐라도 힘을 좀 실어 주고 싶다'는 생각을 갖고 있던 사람들이 그날 이심전심 모여 나를 에워싼 것이었다. 멀리서 보면 학교 화장실 뒤편의 풍경으로 알지도 모를 분위기였다.

그들은 어린이날 희나를 위해 수도원 풀밭에 자리를 펼치고 김밥과 음료수와 과자로 희나를 초대했다. 서른 살이 넘어 어린이날 잔치에 그것도 독상을 받은 희나, 행복해 보였다. 그 자리는 희나를 위한 기도 모임의 결단식이기도 했다. 9일 동안 저녁 8시에 그들은 우리 집으로 왔다.

"이 집에 평화를 빕니다."

활기찬 목소리가 들려왔다.

"글라라 자매님, 어디 있어요? 우리 왔어요."

우리 집에 순전히 희나만을 찾아서 희나를 위해서 사람이 찾아온 것은 처음이었다. 생각지도 못했던 기쁨이었다. 그들이 들어서는 순간에는 집에 활력이 생겼다. 희나는 기도하는 사람들 옆에 앉아서 간식을 먹으며 핸드폰을 보고 있었다. 작은 소리에도 예민한 귀를 가졌음에도 기도 소리에 귀를 막지는 않았다.

얼떨결에 하루하루를 보낸 것이 어느덧 마지막 날이 되었다. 나는 희나가 그린 작은 그림들을 선물로 마련했다. 기도가 끝나면 서둘러 뿔뿔이 흩어졌지만 그날은 다과상에 둘러앉았다. 해단식이었다.

"아이고, 저녁마다 무슨 일 생기지 않게 해 달라고 얼마나 빌었나 몰라요."

"퇴근하고 파김치인데 여기 오자니, 유혹이 없지 않았어요."

"집식구들 밥 못 먹고 기다리고 있으니까, 갈 때는 마음이 급했어요."

결론은 어쨌든 이런저런 고비와 유혹을 넘겨 무사히 9일을 채워 기도를 마치는 게 기쁘고, 함께해 낸 것이 뿌듯하다는 것이었다. 나는 부끄러웠다. 남의 일에 이토록 열정을 바치는 이들 앞에 나는 기도와 정성보다 "이건 뭐지?", "이걸 어떻게 받아들여야 하는 거지?" 하는 물음표를 던지는 데 더 신경이 가 있었기 때문이었다. 모르는 사람에게서 조건 없는 호의를 경험해 본 적이 없어서였을 것이다.

나중에 알고 보니 묵주기도 20단, 한 시간이 넘는 기도는 대단한 정성이요 크나큰 선물이었다. 그것도 다섯 명이 모여서 9일간이나.

이들은 희나가 성당에 안 온 날은 꼭 희나의 안부를 묻곤 한다.

"왜?"

긴말도 아니었다. 당연히 와야 될 사람이 안 온 것이라는 의미로 질문이 짧았다.

잠이 들어 못 왔다고 쉽게 대답하기에는 어디 아픈가 걱정되었다는 그 마음이 너무 깊었다. 성당 맨 뒤에 앉으면 군데군데 희나의 지원군들이 박혀 있는 것이 보인다. 희나가 칭얼대는 소리가 나면 그들이 먼저 반응한다. 서로 낯을 트기 전에는 앞만 보며 기도하던 그들이 이제는 뒤를 돌아보며 눈빛을 준다. 나와 눈이 마주치면 고개를 끄덕한다. 나도 끄덕, 우리가 이런 암호를 정한 적이 있었나?

이제는 요령이 생겨 희나의 컨디션이 아주 안 좋은 날은 미리 주방 건너 식당의 테이블에 가서 미사를 본다. 주방 자매가 성당 내부와 연결된 라디오를 틀어 주면, 평화의 인사를 나눌 시간에 들어가 영성체를 하고 나온다.

그러나 가끔은 돌발 상황이 온다. 나도 나름의 전투력이 형성된 터, 잽싸게 대처한다. 그날도 그랬다. 전조 증상 없이 갑자기 큰 짜증을 내는 순간, "주스, 주스"를 속삭여 희나로 하여금 빨리 밖으로 나오고 싶게 만들었다. 내심 스스로 대

° "미사 시간에 갑자기 어떤 개가
성당에 들어와서 짖는 거예요. 그러자
그 외국인 신부님이 그러는 거예요.
'개도 자기만의 소리로 주님을
찬양하는군요'라고.
글라라도 자기만의 소리로 미사를
드리고 있는 겁니다. 어머니라고 해서
그 권리를 뺏어서는 안 됩니다."

견했다.

　이렇게까지 하면서 굳이 희나와 성당을 가는 이유가 무엇인가. 스스로 물었다. 희나를 위해서? 신앙심이 돈독해서? 나도 모르겠다는 게 답이었다.

　어느 날 수도원에서 가장 나이가 많은 수사님이 내게 물었다.

　"왜 글라라를 미사 중에 데리고 나가세요?"

　"미사에 방해가 되니까요."

　"누가 그래요? 미사에 방해가 된다고? 지금 글라라의 미사권을 뺏고 계신 거예요."

　이건 위로치고는 너무 센 위로 아닌가.

　"저도 외국에서 배웠어요. 미사 시간에 갑자기 어떤 개가 성당에 들어와서 짖는 거예요. 그러자 그 외국인 신부님이 그러는 거예요. '개도 자기만의 소리로 주님을 찬양하는군요'라고. 내가 젊었을 땐데 큰 자극을 받았고 그 이후로 미사에 대한 생각이 바뀌었어요. 글라라도 자기만의 소리로 미사를 드리고 있는 겁니다. 어머니라고 해서 그 권리를 뺏어서는 안 됩니다."

　내가 희나와 성당에 가는 이유는, 이런 이상한 나라를 누리고 싶은 건지 모른다.

'벼락' 맞은 버스

희나를 데리고 버스를 타는 일은 결심하는 순간부터 전쟁의 시작이다. 버스 정류장은 박제인 듯 무표정한 사람들이 내뿜는, 버스가 오면 누구보다 먼저 달려가 자리를 선점해야 하는 경쟁 심리와 버스를 기다리며 점점 차오르는 조바심과 짜증으로 가득하다. 사람과 사람이 소외시키며 소외당하는 아주 재미없는 공간이다.

정류장 근처에서부터 이런 분위기를 감지하고 힘들어하는 희나, 입에서 특유의 소리가 나오기 시작한다. 사람들이 반응한다. 이건 어디서 나는 무슨 소리? 호기심이 아닌 신경질적인 눈초리들, 나의 핏줄들이 긴장한다. 이런 시선을 누구보다 빨리 흡수하는 희나는 불안감에 소리가 더 커지고, 급기야 제자리 뛰기를 시작한다.

"희나야, 조용조용."

나는 아이의 불안에 관심을 갖기보다 주변 사람들의 시선에 사로잡혀 아이를 억압하고 그럴수록 아이는 용수철이 되어 뛰어 오른다.

날뛰는 희나가 무서워 뒤로 피하는 사람, 제 아이를 확 감싸며 혐오스러운 눈길로 우리를 바라보는 사람, 쯧쯧 하는 나이 든 분들의 표정, 그 시선들이 한 장의 사진처럼 동시에 우리 앞에 펼쳐진다.

이렇게 커밍아웃이 되고 나면 버스가 올 때까지 나는 임전무퇴의 정신으로 시간을 버텨 낸다. 버스가 온다. 희나를 먼저 태워야 하나, 내가 먼저 타야 하나. 희나를 먼저 태우면 내가 교통 카드를 찍는 사이에 희나가 확 앞으로 튈 것이고, 뒤에 태우면 버스 계단을 빨리 오르지 않을 경우 뒷사람들의 원망을 사게 된다. 손을 꽉 잡고 아이를 앞세워 탄 후 '둘'이라고 말한 다음 카드를 찍는다. 답답한 통 속으로 들어온 아이는 더 못 견디겠으니까 뛰기라도 해서 풀어 보려 하는데 엄마한테 손이 잡혀 있으니 또 자기만의 소리가 터져 나온다. 갑자기 버스 기사의 눈이 아이에게 박힌다. '내리세요!'라고 하면 어쩌지?

　자리가 없으면 그냥 서서 가야 한다. 아이는 "의자, 의자"를 외치며 앉고 싶다고 강력하게 요구한다. 조용한 차 안에서 민폐가 막중하다. 욕구가 충족되지 않은 희나의 입에서 자기만의 소리가 계속 나온다. 나는 희나의 입을 손으로 틀어막는다. 윽박지른다. 그게 희나에게 먹힐 거라는 기대보다는 우리도 이렇게 노력하고 있다는 걸 알아주길 바라는 기대가 더 크다. 그러나 더 큰 의도는 나의 불안을 달래는 데 있다. 뭐라도 하지 않고 가만히 견뎌 내기가 너무 힘든 것이다. 급기야 아이는 "야아아" 하는 압력밥솥처럼 눌렸던 기운을 뿜어낸다. 등골에 식은땀이 흐른다. 미치겠다. 버스야, 신호에도 걸리지 말고 길도 밀리지 말고 제발 빨리 가다오. 이 차에서 나보다 더 간절히 과속을 원하는 사람이 또 있을까.

　다행히 그날은 좌석 버스가 먼저 왔다. 요금이 조금 비싼 만큼 경쟁이 덜 치열하다. 가능하면 운전석에서 멀리 앉아야 하는데…. 그러나 발을 올려놓기가 무섭게 출발한 버스 기사는 빨리 자리에 앉으라고 채근했다. 세 번째 자리가 비어 있었다. 좌석이 빼곡히 들어찬 버스는 희나에게 더 답답한 통으로 느껴졌을 것이다. 희나가 소리를 내기 시작하더니 볼륨이 점점 올라갔다. 간헐적으로 고성도 튀어나왔다. 나는 얼른 희나의 어깨를 돌려 뒷자리를 향하게 한 다음 명령했다.

"미안합니다라고 해."

나름대로 사회성 훈련 차원에서 찾아낸 방안이었다. 미안하다는 말을 통해 버스 안의 사람들과 소통하고 나면 내 마음이 좀 편안해졌다. 그리고 미안하다는 말에 들어 있는 상대에 대한 존중은 사람의 곤두선 신경을 누그러뜨리는 힘이 있는 것 같았다.

"미, 안, 합, 니, 다."

기계 같은 톤이었지만 발음은 정확했다. 다행이다. 휴, 숨을 돌리는 순간 바로 뒷좌석에서 벼락같은 목소리가 들렸다.

"그러게, 왜 병신을 데리고 버스를 타!"

숨이 막혔다. 분노와 서러움이 동시에 북받치면서 머리가 띵해지더니 얼굴 전체의 무게가 느껴졌다. 아마 충격으로 한순간 피가 돌지 않은 모양이었다. 나는 숨을 내쉬었다.

'여기서 무너질 수 없다.'

터지려던 울음을 꿀꺽 삼켰다. 그리고 뒷좌석을 향해 말했다.

"아유, 정말 죄송합니다."

팔십은 넘어 보이는 할아버지였다. 옆자리에는 아내로 보이는 비슷한 연배의 할머니가 보였다. 내 사과에 아랑곳없는 할아버지를 등지고 앞으로 고개를 돌리려는 순간, 벼락같은 목소리가 다시 들렸다.

"영감이나 조용히 해요!"

그 할머니였다. 나만 느꼈을까? 할아버지의 고함으로 팽팽한 고무줄같이 긴장되었던 버스 안의 분위기가 다소 느슨해지는 것을. 그제야 눈물이 철철 흘러내렸다. 눈물이 흘렀지만 서러움과 분노는 아니었다.

'그래, 잘했어. 오늘 이렇게 큰 수모의 벽을 넘었으니 앞으로는 문제없다. 이보다 더 쎈 말은 당분간 없을 거잖아. 할아버지를 미워할 거 없어. 다들 속으로 그렇게 생각하고 있는 걸 대표로 발언했을 뿐. 그러나 그 말이 정작 입 밖으로 나오자 사람들의 분위기는 달라졌어. 장애를 가진 사람과의 불편한 동승, 언젠가 또 희나 닮은 사람이 버스를 탔을 때 그들은 어쩌면 조금은 더 참아 줄 수 있을지 모르지.'

이상하게도 마음이 넓어졌다. 장애를 가지고 세상을 사는 일은 서러움과 분노를 넘어서야 하는 일이다. 장애와의 동승을 힘들어하는 사람들을 현실로 인정하는 일, 희나의 길 찾기는 거기서부터 출발하는 것이다. 이런 일이 무서워서 외출을 피한다면 희나와 나는 진짜 자폐가 되는 것이다.

버스에서 벼락을 맞은 이후 희나와 다니며 겪는 웬만한

수모는 다 껌이 되었다. 그래서 길을 나설 용기를 낼 수 있었고, 자꾸자꾸 나가다 보니 소중한 인연들을 집 밖에서 만날 수 있었다. 벼락 맞은 대추나무가 최고의 도장목이라더니, 벼락 맞은 버스가 우리에게는 길이 되었다.

◦ 장애를 가지고 세상을 사는 일은 서러움과 분노를 넘어서야 하는 일이다. 장애와의 동승을 힘들어하는 사람들을 현실로 인정하는 일, 희나의 길 찾기는 거기서부터 출발하는 것이다. 이런 일이 무서워서 외출을 피한다면 희나와 나는 진짜 자폐가 되는 것이다.

돈 튀김 아줌마

"돈 줘, 돈 돈 돈."

튀김 아줌마가 한 손으로 희나가 고른 것들을 담은 종이 봉투를 내밀며 다른 손은 돈 달라고 내민다. 돈 없이 봉투만 잡으려는 희나, 봉투는 뒤로 가고 다른 손은 더 앞으로 나온다. 나는 희나가 메고 있는 숄더백을 가리킨다. 그제야 희나가 지갑을 꺼내 지퍼를 연다.

천 원짜리 한 장을 내민다. 자기가 집은 게 얼만데 달랑 천 원짜리 한 장이라니! 내가 웃으며 돈을 더 꺼내려 희나 지갑에 손을 대자 튀김 아줌마가 손사래를 치며 내게 눈을 끔뻑한다.

"두 개 더 줘."

손가락으로 브이 표시를 한다. 희나가 2천 원을 더 낸다. 그러자 봉투가 앞으로 나온다. 아니, 5천 원을 더 내야 하는데….

"다음에 줘. 오늘은 여기까지만."

아줌마는 희나에게 현장 교육을 시킨 것이다. 치료실에서 아무리 천 원짜리, 오천 원짜리, 만 원짜리 인지 교육을 해도 안 되는 것을 튀김 아줌마가 실전으로 가르치는 것이다. 교육비도 따로 안 받고. 아무리 단골이라지만 외상을 할 수 없어 내가 희나가 못 보는 사이에 오천 원짜리를 내 지갑에서 꺼내 슬쩍 좌판에 놓으면, 씩 웃으며 다시 눈을 찡긋하는 튀김 아줌마.

처음 이 가게에 왔을 때 나는 이 아줌마가 살짝 무서웠다. 딱부리눈에 튀어나온 광대뼈, 불친절하다고 느껴지는 태도가 그랬다. 그런데 희나를 데리고 오면서부터 아줌마의 태도가 180도 달라졌다. 아니 희나에게는 그지없이 다정했다.

이 집의 시그니처 메뉴는 옥돌판에 찐 군고구마이다.

"물에 찌거나 삶지 않고 옥돌판을 달궈 거기 올려서 찌는 거라 맛이 독특해."

찐 고구마라고 하기엔 군고구마 같고, 군고구마라고 하

기엔 외형이 찐 고구마와 좀 닮았고. 아무튼 이렇게 고구마의 기존 영역을 무너뜨린 아줌마는 기존 영역에서 벗어난 희나를 범상하게 대해 주었다. 절대 덤을 주거나 깎아 주는 법이 없다는 아줌마가 희나에게는 종이컵에 갓 튀긴 튀김을 한 개씩 서비스로 주었다.

한번은 내가 장을 보러 갔다가 그 집 앞을 지나는데 나를 불러 세웠다. 그러더니 만 원짜리 지폐 한 장을 내게 내밀었다. 웬 돈?

"전에 집이가 왔다 가면서 흘린 거. 손님이 발견하고 제 주머니에 넣으려는 걸 내가 우리 손님 거라고 받아 챙겨 놨지."

그런데 나는 돈을 잃은 기억이 없다. 지갑에, 그것도 지퍼 달린 지갑에 돈을 넣기 때문에 지폐를 그렇게 쉽게 떨굴 리가 없었다.

"집이 것이 맞다니까. 집이가 다녀가고 난 다음에 바로 온 손님이 발견했어."

"아닌데요."

"애 데리고 다니면 정신이 없어. 은행에서도 절도범은 애 데리고 온 엄마들을 노린다잖아. 자!"

억지로 쥐어 주는 배춧잎 지폐, 내가 뭐라도 사려 하는데

이 아줌마 칼이다.

"그냥 가, 당장 필요도 없는 걸 뭐 하러 사?"

그러더니 희나를 챙긴다.

"애기나 데리고 와서 사요. 안 본 지 좀 됐지?"

28세 성년을 애기라고 부르는 것에는 장애에 대한 인지와 귀여워하는 감정이 동전의 양면으로 들어 있다.

"돈 줘, 돈 돈 돈."

딱부리눈 아줌마의 끈질긴 요구에 희나는 그 집에만 가면 꼼짝없이 제 지갑을 연다.

"파란색 말고 초록색 줘. 100 말고 500이라고 쓰인 동전 줘."

갈 때마다 진도가 나간다.

그의 불친절에는 배경이 있었다. 명절 때였다.

"오늘은 고구마가 없네요."

"못 해, 못 해. 혼자서 전 부치고 튀김 하고, 고구마 할 새가 없어."

밤새 재료 준비하고 아침부터 밤까지 혼자서 일하느라고 밥도 못 챙겨 먹고 몸이 녹초라더니, 딱부리눈이 쑥 들어가 기운도 없고 작렬하던 포스도 보이지 않았다.

"알바를 한 명 쓰시지요."

아차, 내가 알바비 대 줄 것도 아니면서.

"몇 푼 번다고 알바를 써?"

그의 불친절이 이해되기 시작했다. 세월 앞에 장사 없고 과로 앞에 친절 없다.

"그리고 손이 달라지면 음식 맛도 변해."

믿고 찾아오는 명절 단골을 배신할 수 없다? 장사꾼이 아니라 장인이시네!! 그의 현장 교육이 그냥 나온 것이 아니었다. 자신의 직업에 대한 책임감과 성실함이 엿보이자 평소의 고마움에 존경이 저절로 얹혀졌다.

"나한테는 명절이 죽었다 살아나는 때여."

"그 덕에 다른 여자들 명절 일이 줄잖아요."

"그건 그렇지. 밀가루 반죽에, 기름에, 이 번거로운 판을 집에서 벌이면 여자들 고생이 보통이 아냐. 이렇게 펼친 판에서 해야 편하지."

"여성 대표로 고생하시네요."

"고달프지 않으면 인생이 아녀."

그는 자기만의 인생철학을 터득한 게 분명했다. 그것도 직접 체험으로. 그렇지만 백화점에서는 큰돈도 달라는 대로 턱턱 내놓는 주부들이, 잠도 못 자고 허리 끊어지게 서서 만든 것들을 덤이라는 이름으로 당당하게 요구할 때는 화가 치민다고 했다. 그의 태도는 불친절이라기보다 화가 난 모습이었다. 덤 소리를 해 봤자 여드레 삶은 호박에 이도 안 들어갈 거라는 느낌을 팍팍 풍겨야 할 필요가 있었던 것이다.

이제 튀김 아줌마는 시장에 없다. 희나도 시장에 갔다가 텅 빈 가게 좌판 앞에 잠시 서 있었다. 오랜 과로로 건강 상태가 안 좋다더니 무슨 일이 있는 건가?

아직도 나는 튀김 아줌마에게 한 가지 의심을 떨치지 못하고 있다. 내게 억지로 쥐어 준 그 만 원짜리, 정말 내 돈이라 확신해서였을까? 어쩌면 임자 없는 돈, 이왕이면 힘들게 아이를 키울 것 같은 '장애' 부모에게 주고 싶었던 것은 아닐까?

행복한 항의, 파파 사이트

"띵똥!"

벨이 울린다. 명랑한 그가 왔을 것이다. 역시, 문을 여니 평소대로 웃음 가득한 얼굴이 나타난다. 양손에는 카페에서 테이크아웃 해 온 컵이 들려 있다.

"죄송하지만, 선생님 건 없거든요. 이건 희나 씨 거."

"희나 커피 못 마시는데…"

"또또 이러신다. 이십 대라면 카페라떼 한 잔은 기본이죠. 어린애 취급하지 마시라니까."

"아냐, 카페인 때문에 잠을 못 자."

"이십 대 때에는 잠 못 이루는 밤도 보내고 그러는 게 제

맛이죠."

할 말이 없다.

"음악회 마치고 집에 오면 대여섯 시쯤 될 거예요."

"내가 같이 안 가도 될까?"

아이의 존재가 남에게 부담이 될세라 항상 신경을 쓰는 것이 버릇이 된 나는 미안한 마음을 이렇게 표현한다.

"아마 희나 씨는 엄마 없는 게 더 좋을 걸요, 하하."

씩씩하게 희나를 차에 태우고 떠나며 그가 말한다.

"아무 걱정 마시고 선생님도 휴일답게 푹 좀 쉬세요."

주말의 휴식, 모처럼 달콤하다. 희나도 즐거운 시간을 보낼 것이라 생각하니 달콤함이 배가된다.

달콤은 잠깐이었다.

"띵똥!"

시계를 보니 어느새 5시. 들어서는 희나의 표정이 편안하고 만족스러워 보였다. 아이스 카페라떼의 효과일까, 아니면 정말 엄마 없이 보낸 자유의 시간 덕일까.

"음악회는?"

"완전 좋았죠. 희나 씨 음악 좋아하던데요. 그런데 정말 재밌는 일이 있었어요."

"재밌는 일?"

"네, 제가 카페 주인에게 항의를 받았다니까요."

항의? 근데 재밌다고?

음악회 시간을 기다리며 둘은 한 카페에 들어갔다. 주말이라 손님이 적지 않았다. 음료를 마시다가 음악회 시간이 다 되어 테이크아웃으로 바꾸어 가지고 나왔다. 음악회를 마치고 다시 그곳에 들렀을 때 주인이 그를 보더니 아까 왔던 사람임을 확인하고는 다소 격앙된 목소리로 다음과 같이 '항의'했다는 것이다.

"이 친구들은 소리를 내고 움직이며 돌아다닐 권리가 있습니다. 영업에 방해가 될까 봐, 다른 손님들에게 피해를 줄까 봐 서둘러 나가신 것이라면 그러지 마십시오."

음악회 시간이 다 되어 나갔을 뿐이라는 설명에 주인이 마음을 누그러뜨렸다고 전하며, 그는 깔깔 웃어 댔다. 그러나 나에게는 재미가 아니라 깊은 감동이었다. 영업을 하는 사람이 공존의식을 소신으로 갖는다 하더라도 실행하기란 쉽지 않은 일이다. 집 주변에 이런 곳이 한 군데만 있어도 발달장애 당사자와 가족의 삶의 질은 높아질 게 분명하다.

"선생님이 꼭 한 번 가 보셔야 할 곳 같아요."

차를 타고 떠나며 그가 던진 말 속에는 자신도 적잖은 감동을 받았음이 녹아 있었다.

그날 밤 희나도 나도 쉽게 잠들지 못했다. 희나는 여러 잔 마신 음료의 카페인 탓이라도 있겠지만 노 카페인인 나는 왜?

"카페 이름이 파파 사이트라고 했지?"

음식점에 무궁화가 그려진 모범 식당 표시처럼 이런 곳을 '개념 카페'라고 이름 붙여 주면 어떨까. '공존의식'을 가진 개념 있는 주인과 개념 있는 손님들이 모이는 공간, 그리고 그런 공간이 꼭 필요한 사람들이 밖에서 보고 편안한 마음으로 들어갈 수 있도록.

아, 세상이 달라지고 있구나, 차이를 존중하는 사람들이 이렇게 드러나고 있구나. 파파 사이트를 파라다이스인 양 상상하며 심장이 뛰는, 희망 카페인이 가져온 흥분으로 나는 쉽게 잠들지 못했다.

그로부터 몇 년 후 희나는 파파 사이트 갤러리에서 첫 개인전을 열었다.

7인의 의사, 흰 가운을 벗다

벌을 받은 걸까? 희나가 다쳤으니 빨리 와서 데려가라는 학원 교사의 전화를 받는 순간, 가장 밑바닥에서 솟구친 건 죄책감이었다.

체육 학원에서 1박2일 캠프를 간다기에, 이제 십 대 중반이 되었으니 희나도 사회 활동에 시동을 걸어야 한다고 등을 떠밀며, 이참에 엄마와 언니와 나 셋이서 영화를 보고 외식을 하면 되겠구나 쾌재를 불렀었다. 희나가 태어난 다음부터 우리 세 모녀는 동시에 움직이는 것이 불가능해졌다. 누군가 하나는 지킴이 당번으로 남아야 했다. 엄마가 늘 자발적 당번으로 나서시는 바람에 엄마와 둘이 움직이는 것은 번

번이 무산되었었다.

이태리 식당에서 식사를 하고 영화를 보고 집에 돌아와 자리에 누워서 서로 영화평을 하며 도란도란 이야기꽃을 피우니 집이 아니라 여행지에 와 있는 느낌이었다. 타임머신을 타고 결혼 전 자유롭던 시절로 돌아간 듯한 기분으로 비몽사몽, 그때 전화가 걸려 온 것이다. 밤 12시! 희나에게 뭔 일이 생겼구나. 세 모녀의 반사적 예감은 적중했다.

눈을 다쳤다니 얼마나 다친 걸까. 범죄자 접선하듯 깜깜한 밤중에 어느 시골길에서 아이를 인계 받은 우리는 권투 선수처럼 눈이 울긋불긋 부어오른 아이의 모습에 놀라 어쩌다 그랬냐, 당신들은 뭐 했냐고 따질 새도 없이 아이를 데리고 응급실로 달렸다.

응급처치를 하고 다음 날 정밀검사를 예약하고 돌아와 세 모녀는 잠든 아이를 앞에 두고 할 말을 잃었다. 한사코 외박 캠프를 반대하신 엄마 앞에 면목이 없었다. 천년 만의 일분 휴식 같은 외출의 대가가 이토록 큰가, 어디다 대고 할 데 없는 원망은 죄책감으로 부메랑이 되어 돌아왔다.

정밀검사 일정은 나의 중요한 토론회 참석 일정과 겹쳐 버렸다. 그나마 토론회라서 중간에 전화를 받을 수 있는 게 다행이었다. 언니가 데려갔지만 법적 보호자는 엄마인 나이기에 몸은 못 가도 진동모드로 대기는 반드시 해야만 했다. 전화는 토론이 거의 끝나갈 무렵에 왔다. 그러나 내용은 청천벽력이었다. 눈알을 받치고 있는 뼈가 부러져서 수술을 해야 하며 자칫하면 실명이 될 수도 있다는 것이었다.

그때부터 나는 전화를 돌리기 시작했다. 반드시 수술을 해야 할까? 해야 한다면 어느 의사가 명의일까? 안과 의사 추천을 위해 아는 의사들에게 전화를 걸고 걸고 또 걸었다.

"내 동창이 소아과 의사인데 대학 병원의 좋은 안과 선생님을 소개했어. 내일 아침 일찍 오면 첫 번째로 봐주신대. 엑스레이 사진 꼭 챙겨 가고."

의사를 정하고 나서도 걱정이 태산이었다. 아이가 싫어하는 콘크리트 병원 건물과 환자들, 무표정으로 사람을 대하는 병원 직원들로 가득 찬 공포 분위기를 아이가 견뎌 낼 수 있을까. 수술을 하면 입원을 해야 할 텐데 집에 가자고 울어 댈 게 뻔한데 어쩌나. 수술이 잘 되길 바라는 기본 걱정 외에도 우려되는 일은 하나둘이 아니었다.

러시아워를 피해 아침 6시에 출발, 병원에 도착하니 7시도 안 되었다. 아이는 컴컴한 지하 주차장에 들어갈 때부터 긴장으로 불안해하기 시작했다. 엘리베이터가 왔다. 입원 준비물로 채워진 트렁크를 먼저 밀어 넣고 안과가 있는 층으로 올라갔다. 다행히 이른 시간이어서 사람들이 많지 않았다. 아이는 불안해하며 여기저기를 둘러보았다. 나는 아이를 안심시킬 수가 없었다. 오지 않은 일에 대한 불안과 걱정에 치여 나부터 정신이 없었다. 그래도 아이가 나보다 나았다. 나도 못 본 음료 자판기를 발견, 그곳으로 달려가 사이다를 가리켰다. 나름의 진정제를 찾아낸 것이다. 속이 타다 못해 입이 바짝 마른 나에게도 사이다가 필요했건만 나는 목이 타는 줄도 모르고 동전을 밀어 넣었다. 사이다를 먹는 동안은 아이가 불안을 좀 내려놓을 수 있으리라는 것만도 내겐 큰 위로였다.

"혹시, 소아과 선생님 소개로 오신 분?"

뒤에서 들리는 목소리에 등을 돌리니 흰 가운을 입은 선한 인상의 중년 남성이 눈에 들어왔다. 그 뒤에는 레지던트로 보이는 사람들이 댓 명 따라오고 있었다. 아침 회진을 돌고 오는 것 같았다.

사이다를 먹던 아이는 울기 시작했다. 이제 뭔가 자신에게 무서운 일이 시작될 거라는 감을 잡은 것이다. 의사가 다가오자 아이는 자지러졌다. 난감했지만 해법은 없었다. 말로 달래거나 뭔가로 협상을 해서 의사가 가리키는 진료실로 들어가게 할 수 있는 상황은 불가능에 가깝다. 그러나 의사들이 오죽 바쁜가. 이리 시간을 지체하다가 '못 보겠네요. 그럼 이만!' 이런 말이 나오기라도 하면…. 아, 머릿속이 아득해지는데 다시 부드러운 음성이 들렸다.

"그냥, 여기서 보지요."

여기라면 자판기 앞에서?

"어머나, 감사합니다."

그러나 아이는 자판기 앞에서도 진료에 협조하지 않았다. 뒤에 있던 레지던트들까지 교수님을 따라 한 걸음 다가오니 아이는 포위된 듯한 공포를 느끼는 모양이었다. 협조가 안 되는 환자와 속수무책의 보호자 세트.

'애야, 제발….'

나는 속으로 빌 뿐이었다. 급기야 그 착한 선생님이 뒤돌아섰다. 올 것이 왔구나 하는데, 선생님이 입고 있는 의사 가운을 벗는 게 아닌가.

"아이가 흰 가운이 무서운가 보다. 우리 다 가운을 벗자."

눈물이 왈칵, 목이 메어 말도 안 나왔다. 스승의 탈의 시범에 따라 모두 가운을 벗었다. 즐겁게 웃으면서. 그리고 예상 적중! 아이는 울음을 그치고 사이다를 홀짝거리기 시작했다. 부드러운 목소리가 내게 말했다.

"아이의 사이다 캔을 잠깐 어머니가 들어 보시겠어요?"

짱짱 멋진 사람들

진료의 시작이었다. 졸지에 사이다를 빼앗긴 아이는 그 걸 잡으려 손을 뻗었다.

"위로 천천히 올려 보세요."

"천천히 아래로 내려 보세요."

"다시 위로요."

"그 상태에서 왼쪽으로요."

"이번엔 오른쪽이요."

아이의 눈과 손은 사이다를 잡으려 협응하고 있었다.

이윽고 가운을 벗은 '아저씨'는 허리와 무릎을 구부려 키를 맞추더니 다정하게 아이에게 말했다.

"잘했어요, 이제 사이다 마셔도 돼요."

진료 끝!

"시력에는 아무 문제가 없네요. 다행입니다. 눈 아래 뼈가 부러지긴 했는데 수술은 안 해도 됩니다."

그러고는 자상한 설명이 이어졌다.

"부러진 뼈는 쿠킹 호일만큼 얇은 뼈예요. 예전에 온돌 방에 구들장이라고 있었잖아요? 그 구들장에 금이 가도 바닥이 크게 차이나지 않는 한은 그냥 쓰잖아요?"

다음엔 시청각 자료 등장, 챙겨 간 엑스레이 사진이 펼쳐졌다.

"여기 약간 어긋나 있는 거 보이시죠. 아이가 성장하면서 뼈는 붙을 거고요. 이 상태로 붙어도 큰 문제는 없어요. 금이 간 구들장을 생각하시면 돼요."

왜 괜찮은지 명확하게 이해가 되면서 비로소 안심이 되었다. 먹먹해진 가슴으로 한 손에는 아이의 손을, 다른 손에는 무의미해진 트렁크를 쥔 채 주차장으로 우리를 데려갈 엘리베이터를 기다리는 동안, 7인의 의사는 여전히 가운을 벗은 채 서 있었다. 엘리베이터 문이 열렸다.

"안녕히 가세요."

부드럽고 자상하고 다정한 목소리의 마지막 멘트였다. 여자 레지던트 두셋은 손을 흔들어 주었다. 엘리베이터 문이 닫히며 그들이 시야에서 사라지는데 마치 꿈을 꾼 것 같았다.

지금도 그 병원 앞을 지나가자면 희나는 긴장하여 "병원 안 된다"라고 하고, 나는 가운을 벗은 일곱 의사가 떠올라 또 다시 울컥한다. 그들이 벗어 팔에 걸고 있던 건 가운이 아니었다. 그건 천사의 날개였다.

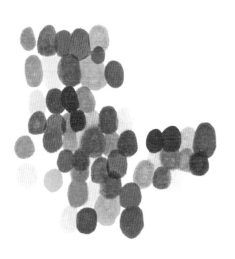

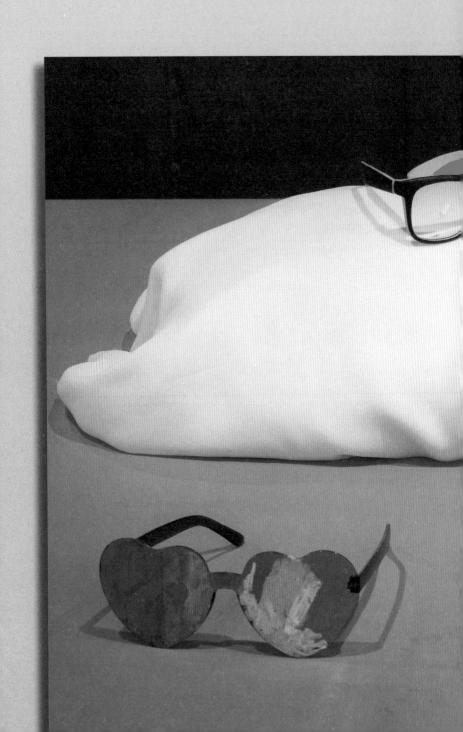

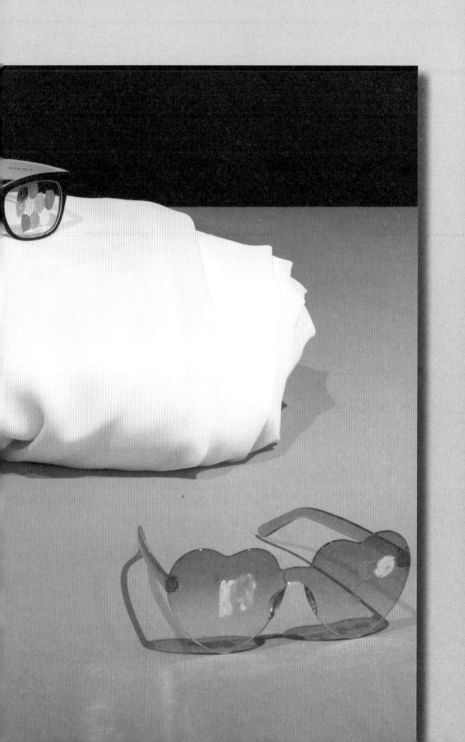

©장희나

도망치고 싶어

　"그이를 사랑하고 그리워하는 내 마음은 변함이 없어. 더 오래 살았으면 얼마나 좋았을까 하루에도 수없이 생각해. 내게 해 준 고마운 일들도 수없이 많아. 다정한 사람이었어. 그런데 그와 별도로 나는 이제 죽은 그의 부인은 그만하고 싶어. 그를 나만의 남편으로 간직하고 싶어. 내가 그의 아바타처럼 살길 권하는 사람들이 너무 힘겨워 잔인하다 싶을 때도 있어."

　사회적으로 존경 받던 남편이 갑자기 죽은 후 자신에게 전가되는 '사모님' 역할이 힘들다며 한 여성이 내게 했던 말이다. 참 건강한 발언이다.

나도 엄마로서 아이를 사랑하는 것과 별개로 힘든 상황에서 도망치고 싶을 때가 적지 않았다.

　어려서부터 희나는 자다 새벽에 깨서 우는 일이 많았다. 다음 날 아침 일찍 비행기를 타고 지방 강연을 가야 하는 나는 숙면이 절대적으로 필요한지라 우는 소리에 억지로 잠을 깰 때는 짜증이 났다. '제 새끼 자다 깨 우는데 짜증을 내는 어미'는 한심하고 철없어 보이지만 그게 나였다. 제발 아이가 울지 않는 공간에서 논스톱으로 잘 수 있다면….

　희나와 사는 하루하루는 불안의 연속이었다. 밖에서 일을 보다가 집에서 전화가 걸려 오면 가슴이 철렁했다. 아이에게 무슨 일이 생긴 것인가? 가끔 있었던 돌발 상황이 트라우마가 된 것이다. 집에서는 편히 쉴 수 없고 내 눈앞에 안 보인다고 해서 마냥 안심해서는 안 되는 상황, 내 아이가 장애라는 게 속상하고 아프고 안타깝고 걱정스러운데 평생 책임져야 한다는 중압감은 너무 힘들었다.

　어느 날 무서운 꿈을 꾸었다. 내가 맷돌에 깔려 있었다. 어찌나 큰 맷돌인지 내 몸 전체를 덮었고 어찌나 무거운지 나는 옴짝달싹할 수가 없었다. 도와 달라고 소리를 칠 수도 없었다. 손도 발도 움직일 수 없는 그 아득함은 꿈에서 깬 후에도 생생했다.

　　　　　　　　짱짱 멋진 사람들

꿈에서 깨어남으로써 맷돌에서 벗어났듯이 죽은 다음에는 이 현실을 끝낼 수 있으리라. 자살을 생각했던 건 아니다. 인간이 불멸의 존재가 아니라는 사실에서 위로를 찾았던 것이다.

'힘들어 죽겠어.'

'결혼한 걸 후회해.'

'첫애만 낳고 끝내지 않은 게 후회돼.'

이런 소리가 내 속에서 올라올 때면 나는 전화를 건다. 졸혼한 선배, 남편과 의가 나쁘지 않았는데 자식들이 혼인한 후 얼마 전부터 시골에서 혼자 살고 있다.

"그런 맘이 드는 게 정상이야. 군대도 2년만 갔다 오면 가산점을 준다 어쩐다 하는데 엄마 노릇 2, 30년 했어도 오는 게 뭐냐? 가산점은 관두고 감점이나 말라고 해, 젠장. 엄마 노릇 잘하는 건 답 없어. 밑 빠진 독에 물 붓기야. 그저 네가 건강하게 서바이벌하는 거야. 애가 안 먹어도 너는 잘 먹고, 애가 안 자도 너는 잘 자고. 하하하, 내 일 아니라고 너무 쉽게 말하나? 아무튼 내 요지는 그런 맘이 드는 데 죄책감 느끼지 말라는 거야. 나는 자식이 장애가 있으면 벌써 도망쳤을 거야. 지금껏 자식과 동거하는 것만도 대단한데 너는 소위 장애가 있다는 애를 이렇게 잘 키웠잖아. 너는 대단히 훌륭한 엄마라는 사실을 항상 기억해라."

고구마 먹은 속에 탄산 만빵 사이다를 쏟아부은 듯 꺼억 소리가 절로 나온다. 잘 키웠다, 훌륭하다는 말은 이가 썩도록 달콤하다. 토하고 나면 속이 편하듯 말하고 나면 다시 견딜 만해졌다.

'엄미'에서 도밍치고 싶다고 고백해노 흉이 되지 않는 사람이 있다는 건, 위로를 넘어 칭찬을 해 주는 사람이 있다는 건, 맷돌을 이겨 낼 근력이 된다.

코로나가 한창일 때, 또다시 동반 자살 보도가 있었다. 나중에 그 자녀의 장애가, 주위의 부러움을 살 만큼 경증이었다는 것을 알고 의아했다. 그 엄마의 맷돌은 매우 가벼울 거라는 주위의 부러움 탓에 그 엄마는 '도망치고 싶다'고 고백할 데가 어디에도 없었던 것은 아닐까. 장애를 가진 아이를 키우는 부모들에게는 심리적, 의료적 공공 지원이 반드시 있어야 한다는 게 나의 생각이다.

희나의 대변인들

　희나를 집에 데려다주러 온 활동지원사 선생님 표정이 자못 심각하다.

　"희나가 기운이 없는 거 같아서 오다가 집 근처 병원에 들렀는데 선생님이 큰 병원 가 보라고 하셨어요."

　가슴이 쿵 내려앉았다. 그러고 보니 애가 정말 기운이 없어 보이는 듯도 했다.

　아파도 제 입으로 어디가 얼마만큼 아프다는 표현을 못하는 아이, 저녁밥 먹고 나서 자는 모습을 보면서도 안심이 되지 않는다. 이미 밤 10시가 넘은 시각, 문자를 보낸다. 즉답이 온다.

"너무 걱정 안 하셔도 될 겁니다. 지난달에 맥을 보았을 때, 괜찮았거든요. 우리 몸이 한 달 사이에 확 큰 변화를 보이지는 않거든요."

희나 몸의 대변인, 한의사 강 선생님이다.

희나 마음의 대변인은 뇌과학자인 장 박사.

"이 친구들이야말로 정말 오해받기 쉬운 친구들이에요. 욕구가 없고 자기 의견이 없는 게 아닌데 그걸 전달할 길이 없고, 표현하지 못하는 걸 없는 걸로 여겨 욕구와 의견이 묵살당하니 화를 내다가 공격성이 나오는 거예요. 심지어 엄마까지 내 편이 아닐 때는 얼마나 힘들고 외롭고 슬프겠어요."

괴성을 지르며 집 안을 뛰어다니는 아이가 이해되기 시작한다. 그 조언 덕에 토닥토닥 쓰담쓰담이라는 우리 모녀만의 진정제를 개발할 수 있었다.

희나에게 가장 절실한 대변인은 서귀포에 있다. 제주 올레를 만든 서명숙. 걷는 게 일상인 그는 희나와 나를 데리고 참 많이도 걸어 주었다. 걸으면서 마트나 편의점이 나오면 나와 희나의 실랑이가 벌어진다. 희나는 탄산음료, 나는 반대. 치과 가야 한다는 협박으로 겨우 두유로 합의하고 나오면 희나는 걷는 내내 저기압이다. 이 꼴을 곁에서 지켜보는 것도 하루 이틀.

"얘, 사이다 한 캔 먹었다고 당장 이가 썩냐? 걷다 보면 목이 말라. 물만 먹을 수는 없는 거야. 어른들은 맥주 마시잖아. 애한테도 다른 대안을 주면서 말려야지. 치아 건강이나 비만 방지도 중요하지만 정신 건강, 기분도 중요한 거야. 가만 보면 너는 너무 지나치게 몸에 좋은 음식만 따지는데 때론 불량 식품도 필요한 거야. 안 그러면 그게 여태 지구상에 존재하겠니?"

이쯤 되면 대변자를 넘어 희나 대신 싸워 주는 용병이다. 이러니 희나가 '서먼숙 이모'를 좋아하지 않을 수가 없다. 넘사벽인 엄마가 한마디 대꾸도 못 하고 가만있는 것을 보는 것만도 이미 사이다를 마신 셈일 것이다.

그러던 어느 날 희나의 '먼숙 이모'는 희나의 나이에 맞는 음료를 권하기에 이르렀다. 하얗고 투명한, 사이다와 흡사한 외양. 병 모양도 같은 초록색, 이름하여 흰 술, 소주다.

"희나야, 너도 이제 소주 마실 나이가 되었다. 술도 못 마시는 네 엄마와 치사하게 사이다 전쟁 그만두고 이십 대 초부터 술 마신 이 이모랑 한잔하자!"

그날은 정말 추웠다. 더구나 바람 세기로 유명한 중문 바닷가 해녀 좌판은 손이 곱아 소주잔을 잡기도 쉽지 않았다. 희나는 한 손은 바지 주머니에 꽂고 다른 손으로 앙증맞은 소주잔을 잡아 살짝 들이켰다. 그날따라 소주가 달았을까. 찡그리지도 않았다.

"그래그래, 소주 받네 받아. 추울 때는 소주만 한 난로가 없다."

나는 희나의 첫 소주를 핸드폰에 담았고, 주머니에 손을 꽂고 소주를 마시는 모습이 '꾼' 같다며 함께 박장대소했다. 엄마의 호쾌한 웃음에 희나도 기분이 좋은 것 같았다. 아니면 소주 효과? 올레길 사이다 전쟁은 이렇게 나의 참패로 끝이 났다.

다음은 라면 전쟁이었다. 자신의 이름은 명숙이 아니라 '면숙'이라며 평생 면 사랑꾼을 자부하던 그는 희나의 라면 사랑에 백배 공감했다. 그 집에 가면 늘 라면이 있었고 그 집에서 나는 쪽도 못 쓰고 희나에게 라면을 끓여 바쳤다. 어떤 때는 이모의 아들 승현이 오빠가 '꼼수 없는 오리지널' 라면을 끓여 주기도 했다(엄마는 스프를 반만 넣고 죽염 간을 한다).

추자도로 여름휴가를 갔을 때 희나는 면숙 이모와 처음으로 대치했다. 바로 라면 쟁탈전! 면 사랑 앞에는 나이도 그간의 의리도 다 날아갔다. 둘이 냄비에 머리를 박고 '면발 낚시'를 하는 모습이라니. 그는 처음으로 희나를 동등한 친구로 대한 어른일 것이다.

"노란색입니다"

이 센터의 아침은 파란 잔디밭에서 음악을 들으며 체조로 시작한다. 점심을 먹은 후에는 마당을 돌아 걷는 운동을 한다. 오후 3시에는 줄지어 오름에 간다.

"약을 먹이기보다는 몸을 움직여서 안정감을 주는 게 더 좋다고 생각해요. 살도 빠지고요."

처음 면담을 갔을 때, 이 말에 큰 신뢰가 갔다. 보통 이런 복지시설에서 부모는 '을'이다. 여기서 '더 돌볼 수가 없다'고 하면 갈 데가 없기 때문이다. '아이가 요즘 힘들게 하니 약을 좀 늘려 보라'고 요구하는 곳도 있었는데 약보다 운동이라니, 이보다 더 좋을 수는 없었다. 더구나 인스턴트식품과 탄산음료 등은 가급적 피해 달라고 오히려 부모에게 부탁을 한다! 한번은 길에서 원장님을 만났다. 항생제 안 쓴 고기로 만든 수제 돈까스가 있다 해서 그걸 사러 갔다 온다는데 제법 먼 길이었다.

그러나 내가 이 센터에 대해 가장 크게 신뢰하는 것은 인격적 대우이다. 이용생 중에는 갑자기 날뛰기도 하고 소리 지르기도 하고 같은 말을 연달아 반복하는 이도 있고, 희나 같은 경우는 갑자기 울음을 터뜨리는 일도 있다. 그런데 이곳에서는 그런 행동에는 다 이유가 있다는 것을 전제로 이들을 이해하려고 노력한다.

희나가 울었던 날은 알림장에 긴 글이 적혀 있다. 전화가 오기도 한다. 왜 울었는지 같이 퍼즐을 맞춰 본다. 딱 '이거다!' 하는 정답은 없지만 희나가 오가는 양쪽의 소통이 이루어지면서 희나의 환경이 좋아지는 건 당연하다.

한번은 담임 선생님께 희나가 청소와 설거지를 잘한다고 자랑을 했다. 반응은 의외였다.

"우리 희나 씨 너무 힘든 거 아니에요? 희나 씨 너무 힘들게 하지 말아 주세요."

"…? …!"

하루는 센터를 방문했는데 원장님이 벤치에 앉아 있었다.

"저기 창문 열린 차 안에 앉아 있어요."

"누가요?"

새로 온 이용생이었다. 센터에 들어오지 않겠다고 시위 중이었다. 활동보조 선생님은 들어오길 기다리다 지쳐서 돌아갔고 원장님은 보초를 서고 있었던 것이다. 혹시 차 문을 열고 나와 엉뚱한 곳으로 가 버리거나, 무슨 사고를 당할지도 모를 일이기 때문이었다. 보초는 이미 한 시간이 넘어 두 시간에 육박하고 있는 상황.

"곧 점심시간인데 밥 먹으러 나오긴 하겠죠?"

"어제는 식판을 엎었어요."

나는 할 말을 잃었다. 다음 말에는 더 할 말이 없었다.

"엎은 식판을 직접 치우라고 했더니 어디서 들었는지 여태 나도 들어 보지 못한 심한 욕을 선생님들한테 막 해요."

고등학교를 졸업하고 이곳저곳을 다녔으나 다 적응을 못 했다고 했다.

"겁이 나요."

나라도 겁이 났을 것이다. 얼마나 놀랐을 것인가. 그런데 그게 아니었다.

"우리가 포기하게 될까 봐 겁이 나요."

오로지 그 차에 시선을 꽂은 채 나직한 목소리로 하는 그 말이 내 귀에 기도처럼 들렸다. 두려움을 고백하며 포기하지 않게 해 달라고 비는 기도 같았다.

"우리가 포기하면 이제 어디로 가겠어요. 저 애 엄마는 얼마나 힘들겠어요."

내 시선이 저절로 자동차로 옮겨졌다. 저 안에 앉아 있는 것도 고역이겠구나. 저 안에서 그는 무슨 생각을 할까. 차 문을 열고 뛰쳐나가지 않는 것도 고맙구나. 내 마음의 방향이 사람을 향하고 있었다. 원장님처럼.

센터를 다시 방문한 것은 얼마 지나지 않아서였다. 센터의 창문으로 그 얼굴이 나타났다. 원장님이 예전의 환한 웃음을 되찾은 걸 보니, 식판을 엎는 일이 재발하지 않을 만큼은 적응이 된 것 같았다. 작은 기적이었다.

"본인이 가장 힘들었을 거예요. 아무도 자기를 인정해 주지 않고 억압만 한다고 느끼며 살아왔을 테니까요. 소리치고 욕하고 행패를 부리는 것도 다 뭔가 쌓인 데서 나오는 거잖아요. 그 쌓인 것을 풀 길이 없으니까 공격성이 더 높아질 수밖에요. 보통 장애가 있으면 모를 거라고 생각하고 함부로 하기 쉽지만, 말 대신 감이 발달해 있는 친구들이라 더 정확하게 느껴요. 이들이 보이는 언어폭력이나 폭력행동은 다 자신이 듣고 당했던 것들이라 보면 틀림없을 겁니다."

인격적 대우가 낳은 작은 기적들이 쌓여 이제는 나를 보면 빙그레 웃어 주고 센터의 청소를 돕기까지 하고 있다.

달력의 빨간 날, 희나의 기분도 집안 분위기도 적신호다. 토요일과 일요일은 이제 적응이 되었지만 법정 공휴일에는 센터에 가지 못하는 것을 이해하지 못해서 희나가 스트레스를 받기 때문이다. 코로나로 센터가 문을 닫았을 때, 아침마다 센터에 가서 굳게 잠긴 현관 유리문 너머로 비어 있는 신발장을 확인한 다음, 돌아서 나오는 희나를 보는 건 짠하다 못해 슬펐다.

희나에게는 아침에 노란색 셔틀버스가 오는 것이 큰 안심이다. 버스 안에서 친구들과 이야기를 나누는 것도 아니고, 편하기로는 승용차일 텐데도 버스를 좋아했다. "노란색입니다"는 희나가 셔틀을 타고 센터에 가겠다는 뜻으로 하는 말이다.

'노란색' 기사님은 항상 웃는 얼굴이다. 모름지기 셔틀버스란 운행 시간에 쫓기기 마련이건만 기사님이 웃지 않는 때를 본 적이 없다. 셔틀버스의 최대 복병은 아마 우리 집일 것이다. 프리랜서라는 나의 직업 탓에 희나가 내리고 타는 장소가 프리스타일이 될 때도 이분은 웃으신다. 그게 내 마음

° "우리가 포기하면 이제 어디로
가겠어요. 저 애 엄마는 얼마나
힘들겠어요."
내 시선이 저절로 자동차로 옮겨졌다.
저 안에 앉아 있는 것도 고역이겠구나.
저 안에서 그는 무슨 생각을 할까.
차 문을 열고 뛰쳐나가지 않는 것도
고맙구나. 내 마음의 방향이 사람을
향하고 있었다. 원장님처럼.

을 얼마나 평화롭게 하는지. 센터에 가득한 평화의 에너지가 희나로 하여금 '노란색'을 좋아하게 한 것일 게다.

큰 딸애가 서귀포로 이사 온 후 동생이 다니는 곳을 궁금해하여 센터에 함께 갔었다.

"엄마, 이 센터는 나도 다니고 싶다."

한라산이 보이는 아름다운 정원 때문만은 아닐 것이다.

/ 4부 /

재미진 실험

"동생이 요즘 이런 작업하니?"

때는 2007년, 큰애가 입시미술학원에 막 다니기 시작한 무렵이었다. 네 살에 발달장애 진단을 받은 희나는 여섯 살 때부터 열여섯 살이 된 그때까지 스케치북에 크레파스를 칠하는 일이 주된 일과였다. 벽지와 가구, TV, 언니의 숙제물에까지 크레파스를 칠했다. 내가 자다가 깨어 보면 혼자 앉아서 한밤중에 신문지와 스케치북에 크레파스를 칠하는 희나를 발견하곤 했다. 칠한 위에 다른 색으로 덧칠을 하고 또 하고. 도화지 열 장을 묶은 스케치북 한 권의 무게가 곧 크레파스 한 통의 무게였다.

어느 날 학원에서 돌아온 큰애가 말했다.

"엄마, 우리 학원 샘께 동생이 한 거 보여 드렸더니 '동생이 요즘 이런 작업하니?' 하시던데?"

귀가 번쩍 뜨였다. '작업?' 병증이 아니고? 당장 학원으로 그 샘을 찾아갔다.

"네, 동생이 했다고 가져온 걸 봤습니다. 그게 일종의 쌓기 작업인 거죠. 이런 작가들이 꽤 있어요. 종이를 쌓기도 하고 나무를 쌓기도 하고, 동생은 색을 쌓는 거죠. 심리적으로 불안한 사람들이 쌓기 작업을 즐겨 한다고 해요."

장애 증상으로만 여겼던 저지레가 작업이라니! 나의 인식 전환은 이 한마디에서 시작되었다. 그래서 몇 년 후 서귀포 돌봄교실에서 청년들이 매일 똑같은 그림을 그리는 일을 하나의 습관이 아닌, 개성 있는 작업의 반복으로 볼 수 있었다. 그와 동시에 예술가라는 존재에 대한 느낌표가 내 가슴에 들어와 박혔다.

장애를 개성으로, 저지레를 작업으로 인식하는 전업작가! 그는 어떤 존재인가? 희나가 이런 눈 밝은 사람과 보내는 시간을 가지면 어떤 일이 일어날까? 나는 희나도 그 학원에 보내기 시작했다. 입시생들이 오기 전까지 희나는 3층 통유리창으로 바깥세상을 구경하면서 스케치북을 메꿨다. 이번에는 크레파스가 아니라 색연필, 종이에는 선생님이 제공한

밑그림이 있었다. 어찌나 세게 누르면서 칠을 하는지 뒷면을 보면 종이가 늘어나 있었다. 여태 미술치료에서는 손의 힘을 조절하지 못하는 장애 증세 탓이라고 했었다.

"파버 카스텔이 이렇게 진한 색이 나오는 줄 저희는 여태까지 몰랐어요. 희나가 우리에게 또 한 수 가르쳐 준 거죠? 하하하. 여태껏 모두 색연필을 왜 그리 조심스럽게 살살 다루었는지 모르겠어요. 이렇게 해도 되는데. 아마 파버 카스텔 회사에서도 몰랐을 걸요. 자기네 제품이 이렇게까지 센 줄은. 제품 안에 사용 가능한 테크닉을 첨부해 놓는데 이렇게 강하다는 건 없었거든요. 아무튼 저희가 많이 배웁니다."

희나의 작업을 알아본 선생님의 말이었다. 미술은 치료가 아니라 작업으로 접근해야 하는 것이구나.

그 선생님은 전시회를 열면서 나와 희나를 초대했다. 전시장은 지하층의 작은 공간이었는데 오프닝인 만큼 사람들이 많아 밀집된 느낌이었다. 희나는 음료수와 과자에 꽂혀 잠시 가만히 있다가 뛰어다니며 소리를 질렀다. 당연히 나는 눈치가 보이고 불편해서 제지하기에 바빴고 결국 서둘러 나오기로 결정, 작별 인사를 하는데 선생님이 만류했다.

"어머니, 괜찮습니다. 기분이 좋아서 그러는 거잖아요. 저는 좋은데요."

인사치레에 주저앉을 만큼 배짱이 없기도 했고, 무엇보다 내가 너무 힘들어서 그곳을 빠져나오고 싶었다. 선생님이 말을 덧붙였다.

"사실 희나가 정직한 거잖아요. 기분 좋으면 소리치며 뛰고, 자기가 알고 좋아하는 사람에게는 다가가서 안고 얼굴 부비고. 저도 그러고 싶은데 못 하고 사니까 부러운 거죠."

인사치레가 아니었다. 듣고 보니 일리가 있었다. 억압하는 대신 부러워하기. 예술가는 참 다르게 생각하는 사람이구나, 희나를 이해하는 것에 그치지 않고 나아가 공감하는 존재구나. 발달장애의 필연적 짝꿍은 예술가라는 확신이 들었다.

재미진 학교의 탄생

2016년 초 어머니가 돌아가신 다음 나는 발이 묶였다.

희나는 5시에 주간센터에서 돌아왔다. 이는 곧 내 몸이 5시 이후에는 집 밖에 나갈 수 없다는 걸 의미했다. 강의를 하거나 사람을 만나거나 특히 육지에서 친구들이 왔을 때, 5시 장벽은 꽤 나를 힘들게 했다.

서귀포에 '야간돌봄'이 있다는 정보를 접했을 때 나는 쾌재를 불렀다.

야간돌봄에는 열세 명이 모였다. 학교를 다니는 아이들도 있었고 희나처럼 학령기를 지난 성인들도 여럿 있었다. 두 명의 선생님이 함께하며 간식도 주고 다양한 프로그램을

요일별로 진행하고 있었다. 더욱 좋은 것은 마치면 9시에 집까지 데려다주는 도어 투 도어 시스템이었다. 공통의 어려움을 겪는 사람들이 이렇게 꼭 필요한 것들을 만들어 내는구나. 공동체의 힘을 다시금 실감했다.

야간 네 시간 연장으로 사회적 수명의 숨통을 트며 지내던 어느 날, 야간돌봄교실에서 내 눈에 새로운 모습이 들어왔다. 이십 대 초반의 세 청년이 핸드폰을 보며 갱지에 연필이나 볼펜으로 뭔가를 열심히 그리고 있는 것이었다. 솔직히 내 아이 하나도 힘들던 마음에 비슷한 아이들이 모여 있는 그 공간은 무겁고 답답한 느낌이었다. 급히 등 돌려 나왔던 데에는 약속 시간의 촉박함만이 있었던 게 아니었다. 입구에서 희나가 들어가는 것만 확인하고 등을 돌리던 나는 그날부터 매일 교실로 들어가 그들에게 알은체를 했다. 그리는 것을 들여다보며, 나에게 1도 관심 없는 그들에게 잘 그렸다는 말을 했다. 돌아서 나오노라면 괜히 기분이 좋았다. 정체 모를 기쁨이었다.

그림을 그리는 그들의 모습을 보면서 그들이 사랑스러워지기 시작했다. 중절모를 쓴 탁이, 키가 180이 넘는 곱슬머리 환이, 항상 웃는 얼굴로 목례를 하는 수지. 나의 관심은 희나에 더하여 세 청년까지로 확대되었다. 내가 변하고 있었

　　　　　　　재미진 실험

다. 나도 모르게.

"희나는 어디 갔나요?"

"야간돌봄 갔어요."

습관적으로 하던 말이 문득 이상하게 여겨졌다. 야간돌봄은 부모회가 하는 사업의 성격을 표현한 것이니 희나의 입장에서 보면 뭔가 다른 이름이 있어야 할 거 같았다.

이십 대이면 한창 친구들과 어울려 카페를 출입하고 치맥을 즐기는 인생의 재미를 한껏 구가하는 나이가 아닌가. 만년 어린이 취급을 받으며 돌봄의 대상으로, 그들이 하는 모든 활동이 돌봄으로만 규정되는 것은 마땅치 않다는 생각이었다.

재미지다. 제주어로 재미있다는 뜻이다. 나는 재미진 학교를 제안했다. 작은 액자에 재미진 학교라는 글씨를 쓰고 장식해서 교실에 가져다 놓았다.

"희나야, 재미진 학교에 가자."

누구도 그 이름으로 그곳을 부르지 않았지만 나에게 그곳은 '재미진 학교'였다.

제주도에 양성평등위원회가 구성되면서 조한혜정 선생을 위원장으로, 나도 위원으로 참여하게 되었다. 활동 분과를 셋으로 나누면서 나와 조한 선생은 돌봄소통상생분과에

속하게 되었다. 선생이 내게 말했다.

"발달장애 청년들과 할 수 있는 뭔가를 도청에 사업으로 제안해 보는 건 어때?"

세 청년이 떠올랐다.

이들이 그림을 그리는 건 하루 2시간, 주 5일이면 10시간, 한 달에 40시간, 1년이면 480시간이다. 이 시간이 누적된다면! 자발적으로 매일 그림을 그린다는 건 미술을 좋아한다는 증거, 이들에게 갱지나 볼펜 말고 다른 미술 도구들을 제공하고, 핸드폰 너머의 다른 세상을 보여 준다면 어떤 그림이 나올까? 나는 사업 구상을 시작했다.

제목은 '재미진 예술 프로젝트'.

다섯 명의 청년과 전업작가 다섯 명을 매칭해서 주 1회 작업 시간과 전시회 개최가 목표였다. 그런데 이게 쉽지 않았다. 매칭할 전업작가를 소개받아 섭외에 들어가면, "제가 할 수 있을까요?"라며 전업작가들은 회의적 반응을 보였다. 장애인, 그것도 의사소통이 쉽지 않은 발달장애인과 미술작업이라니!

사실, 나의 진짜 목표는 작업도 전시도 아니었다. 가족과 활동보조인, 복지사 등 일상에 꼭 필요한 제한적인 관계를, 그것도 장애라는 시선 속에서 맺어 온 이들에게 작가들과의

만남은 새로운 인생 경험이 될 것 같았다. 학교와 병원 치료실만 다녔던 이들에게 예술작업 공간에 들락거리는 변화를 주고 싶었다. 미술치료가 아닌 미술작업이라 굳이 고집한 것은 치료보다 예술에 방점이 찍힌 예술가들이 이들을 다른 시선으로 대할 것이라는 믿음이 있어서였다.

작가들과 함께하니 낙서가 '작업'으로 승화했다. 혼자 하던 일은 쓸데없는 짓으로 보였지만 예술가라는 파트너와 전시라는 공적인 목표를 갖게 되자 부모들의 태도도 달라졌다. 미술교육을 받은 적이 없던 친구들, 그중에는 착석이 오래 안 가는 친구도 있었지만 넉 달 만에 작은 전시를 꾸려 낼 수 있었다.

방송에도 소개되고, 사회 인사들을 비롯하여 많은 사람들이 찾아와 전시는 성황이었다. 주인공이 되어 스포트라이트를 받은 '초보 작가'들은 탄력을 받았고, 한 어머니는 "아이의 자존감이 곧 내 자존감이더라" 하며 기뻐했다. 부모들의 높아진 관심 속에 시즌 2가 이어졌다.

"제가 그림 그려 드릴까요?"

'재미진 예술 프로젝트' 두 번째 전시장, 친구로 보이는 젊은 여성 서넛이 전시를 보고 있었다. 바로 그 뒤에는 그 그림의 작가 환이 서 있었다.

여느 전시라면 작가가 현장에서 작품 설명도 해 주고, 엽서 그림에 사인도 해 주며 이런저런 교류를 가질 텐데…. 사실 이런 전시를 여는 데는 발달장애 청년들의 소통의 폭을 넓히자는 뜻이 큰데 작가는 뒤에 서 있고 관람객은 그의 존재를 모른 채 작품에 빠져 있고…. 안타까운 마음에 나라도 나서서 중개를 해야 하나, 하는데 환이 성큼 그들 앞으로 나아갔다.

"제가 그림 그려 드릴까요?"

관람객이 "어머, 정말요?" 하며 반기자 그는 답 대신 고개를 크게 끄덕였다. 그들이 근처 탁자로 옮겨 가는 것을 나는 멍하니 보고 있었다. 어눌하지 않은 발음, 매끈한 문장, 안정된 목소리…. "제가 그림 그려 드릴까요?"가 정말 환이 입에서 나왔단 말인가. 환이 엄마가 자기 소원이 환이가 집 밖에서 다른 사람들과도 이야기를 나누는 것이라고 했는데, 초면의 사람과 이렇게 교류를 트다니!

탁자에 자리를 잡자마자, 망설임 없이 한 번에 윤곽을 잡고 쓱쓱 색을 칠해 금방 한 점을 완성해 냈다. 빠른데도 서두르는 느낌이 전혀 없는 그 속도에 지켜보던 관람객들이 감탄했다. 장애에 대한 부정적 고정관념이 무너지는 소리이기도 했다. 환이의 표정에는 모델에 대한 몰입만이 있었다. 주변의 감탄에 어떤 영향도 받지 않은 채, 자신이 누군가를 그려줄 수 있다는 기쁨으로 만족스러운 미소만 가득했다.

모델 교체, 또 과감하게 윤곽을 잡고 크레용으로 쓱쓱, 그걸 둘러서서 보는 사람들. 어릴 적 동네 복덕방에서 할아버지 둘이 장기를 두면 거기 둘러선 사람들이 장기판이 움직일 때마다 일희일비하던 그 모습이 떠올랐다. 모두에게 둘러싸여 주인공이 되어 있는 환이를 보는 내 마음이 어찌나 흐뭇한지, 이걸 환이 엄마가 못 보는 게 너무나 아쉬웠다.

세 번째 모델은 안경을 쓰고 있었다.

"아하!"

주변의 감탄사에 가까이 가 보았다. 안경이 눈에 있지 않고 머리 위 공중에 떠 있는 게 아닌가.

"작가님, 센스센스 대박대박!"

그 모델은 늘 안경을 벗고 싶었다는 것이다. 모델들은 전시된 환이의 작품 앞으로 다시 가서 그림을 해석하기 시작했다. 얼굴에서 벗겨져 공중에 뜬 안경을 힌트로 세상을 보는 환이의 '눈'을 이해하게 된 것이다.

그림을 받아 든 모델들이 작가의 친필 사인을 요구할 때, 기다렸다는 듯 k i m 영어 철자를 쓰며 더없이 환한 환이의 얼굴. 환이는 초등학교 저학년 때 담임선생님께 심하게 뺨을 맞은 후부터 집 밖에서는 말을 안 하게 되었다고 한다. 발달장애에 대한 이해가 전혀 없던 시절, 암흑기였다.

오랫동안 발달장애 청년들과 예술작업을 해 온 비디오 아티스트 고재필 씨는 말한다.

"그들은 누구보다 절실히 사람들과 소통하기를 원합니다. 다만 어떤 방식으로 해야 할지 모르는 거지요. 아니, 그들이 편안하게 소통할 수 있는 방법을 사람들이 모르는 거지요. 천천히 오랜 시간을 두고 안전하다는 느낌을 가질 때 그들은 비로소 마음을 열고 입을 엽니다."

발달장애라 불리는 이들은 늘 두려워서 긴장이 된다. 처음 보는 사람, 처음 간 공간, 처음 하는 일… 처음은 몇 번이 지나도록 '처음'일 수 있다. 반복을 통해 두려움보다 안정감이 커지면 그때부터 조금씩 긴장이 풀리기 시작한다.

환이에게 그림은 해방 공간이다. 그림을 그리는 동안 행복하다. 그림이 있는 곳에서 환이는 자유롭다. 그 공간에서 만나는 사람에게는 안심이 된다. 그랬기에 전시장에서 낯선 사람임에도, 그것도 여러 사람에게 먼저 말을 걸 수 있었다.

"제가 그림 그려 드릴까요?"

생각할수록 신기하다.

무지개가 된 복수극

중절모.

핸드폰 컬러링은 트롯, 그것도 오래된 원조 가수.

스물여섯 청년치고는 독특한 취향이다.

탁의 그림은 대개가 맹수이다. 중절모를 쓴 용 그림을 보는 순간 모자 사랑과 더불어 유머감각이 느껴졌다.

"내 그림을 왜 봅니까?"

"재미있어서요."

"뭐가 재밌습니까?"

"모자를 쓰고 있어서요."

"용은 모자 쓰면 안 됩니까?"

사뭇 시비조인 것이, 그간 그가 받아 온 세상의 반응은 긍정보다 부정이 더 컸나 보다.

재미진 첫 전시에서 그는 택시 그림을 냈다. 택시 안에는 사람의 몸에 맹수의 얼굴을 한 기사가 타고 있었다. 그림 옆에는 이런 글이 적혀 있었다.

"택시 기사가 사실은 저승사자인데, 착한 사람이 타면 그가 말한 목적지로 데려다주지만 악한 사람이 타면 지옥으로 곧장 데려갑니다."

고대소설의 테마 권선징악이 그의 작품 세계였다. "그 택시 기사는 지금도 저승으로 가지 않고 여기 머물며 운전하고 있다"는 대목에서 현실적 '경고'가 느껴졌다.

그가 그린 맹수들은 한결같이 착한 이는 돕고 악한 이는 혼내 주는 권선징악의 화신이었다. 그런데 혼내 주는 방식이 매우 구체적으로 잔인하게 표현되어 거부감이 들었다. 이토록 잔인한 표현은 왜 나오는 것일까.

일본 작가 요시토모 나라의 작품에 대한 설명이 생각났다. 어린아이의 눈매가 천진난만한 게 아니라 화가 난 듯 노려보는 듯한 것에서 일단은 공격성이 느껴지지만, 좀 더 깊이 바라보면 그 안에 두려움과 외로움이 서려 있다는 것이다.

탁이 또한 일반학교를 다니면서 친구들에게서, 또 교사

와 이웃들에게서 곱지 않은 경험을 적잖이 했을 것이다. 그것이 맹수들을 통한 상상의 복수극을 펼쳐 내는 것 같았다. 그렇다면 이는 '탈 대로 다 타야 할' 필연적 과정일지도 몰랐다.

그 무렵 경찰서에서 자문을 요청해 왔다. 발달장애가 있는 청년이 인근 학교에 돌을 던져 유리창을 많이 깬 사건이 있었다. 휴일이라 사람이 다치지 않은 것이 다행이라고 했다. 그 학교가 청년의 모교였다는 사실에서 나는 상상의 복수극을 연상했다. 재학 당시 앞에서는 약자라서 행하지 못했던 복수가 나중에 아무도 없는 때에 실현된 것이 아닐까.

해가 지나면서 탁의 작품에는 변화가 나타났다. 그동안 이름은 용이었지만 몸은 지렁이같이 가늘어 위용을 느낄 수 없었던 것과 달리 굵은 아름드리 몸통에 주황과 노랑과 초록과 빨강색으로 휘황한 용을 그려 낸 것이다. 정교해지고 대범해진 그림을 통해 그 안에 상당한 자신감이 자랐음을 느낄 수 있었다. 용호상박, 호랑이들도 등장했다.

그중 한라산 호랑이가 가장 인상적이었다. 줄무늬 없이 진한 보라색의 몸으로 큰 바위 위에 서서 먼 곳을 바라보는 듯한 자세, 금세 앞발을 내디디어 산속으로 들어갈 듯한 율동감. 이 호랑이는 아침이면 자기 굴을 떠나 한라산의 이곳저곳을 마음껏 누비다가 저녁에 굴로 돌아온다고 설명문에

재미진 실험

쓰여 있었다. 주로 먹는 음식이 막걸리라는 해설이 보는 사람 모두를 웃게 만들었다.

　요즘 그의 맹수들은 아름다운 빨주노초 색깔을 입고 있다. 맹수 옆에는 꽃이 피어 있고 나무가 보인다. 얼굴의 갈기털이 온통 무지갯빛인 그의 작품 〈무지개 사자〉는 한 회사 사장님이 사 갔고, 앞으로 걸어 나오는 초록색 호랑이는 인기가 몰려 주문 신청이 들어오기도 했다. 그러나 그는 똑같이 그릴 수 없다고, 다른 것을 그려 주면 안 되겠냐고 했다. 자기가 그린 것인데 왜 똑같이 못 그린다는 말인가. 처음엔 좀 아쉬웠는데 시간이 지나면서 그가 그림을 그리는 이유가 철저히 자기표현이라는 생각을 하게 되었다. 진정한 예술가는 복제하지 않는 법이지.

　탁의 개인전에 찾아온 기자가 물었다.

　"제가 뭐라고 불러야 할까요?"

　"아, 예, 그냥 강 작가라고 하시면 됩니다."

　지금 그는 개인전을 열고 예술가 증명을 가진 작가가 되어 있다. 탁의 전시회에 왔던 중견작가는 "오일장에서 순댓국을 먹으면서 작가 대 작가로 이야기를 나누고 싶다"고 했던 탁을 기억하며 '강 작가'의 안부를 물어 온다. 여전히 그림을 열심히 그리고 있냐고.

"서울에서 전시를 언제 열 수 있습니까?"

한번 앉으면 몇 시간이고 집중하는 그의 꿈은 서울 진출이다. 섬이 가진 로망, 육지 진출이 그에게도 있다. 서울 전시 때 입을 양복의 핏을 위해 그 좋아하던 탄산음료도 절제하고 더운 여름날에도 동네 열 바퀴를 도는 열정의 청년, 이제 그의 눈빛에 분노는 없다. 꿈이 생긴 그의 눈에 세상은 온통 무지갯빛이다.

˚ 자기가 그린 것인데 왜 똑같이
못 그린다는 말인가. 시간이 지나면서
그가 그림을 그리는 이유가 철저히
자기표현이라는 생각을 하게 되었다.
진정한 예술가는 복제하지 않는 법이지.

환탁스틱 듀오

"오늘은 그만 갈래요."

탁이 오지 않은 날, 환은 구구 스튜디오에 오래 머물지 않는다. 아니 머물 수가 없다. 힘이 없기 때문이다. 힘은 함께 하는 데서 나온다. 나도 뭔가를 할 때 혼자 하면 시작할 엄두 조차 내지 못하고 뭉그적거리지만 누군가와 함께하면 생각 보다 길게 일을 하게 되는지라, 환에게 더 그리다가 가면 안 되냐고 만류하지 못한다.

그렇다고 환이 탁을 만났을 때 반가워하는 것도 아니다. 둘의 작업대가 놓인 공간에 탁이 먼저 와 있는 것만으로도 환은 힘을 얻는 것 같다. 그림을 그리고 있는 탁의 뒷모습을 보며 들어와 자기 자리에 앉아 스케치북을 펼친다.

"둘이 서로 인사도 안 해요?"

내 채근에 탁이는 "안녕" 한다. 물론 고개조차 돌리지 않고 입으로만 하는 인사이다.

환은 아무 반응이 없다. 못 들었나 싶어 다가가 환의 얼굴을 들여다보면 입꼬리가 올라가 있다. 인사를 접수한 것이다. 나는 인사를 하는데 왜 너는 답이 없냐고 할 만도 한데 탁이 또한 아무 말이 없다. 하던 붓질을 계속할 뿐이다.

그렇게 시간이 간다. 말소리도, 음악도 없이 두 청년의 손동작만으로 가득한 공간, 자랑도 비교도 질투도 없다.

어느 목요일, 늦게까지 작업을 하는 두 청년에게 나는 한 가지 제안이 하고 싶어졌다. 이십 대에게는 필수적이나 지금껏 유보되어 온 그 제안은 다름 아닌, 치맥! 맥주라는 단어에 탁이보다 환의 얼굴에 반가움이 번졌다.

치킨 대신 우리 집에서 가져온 삼겹살. 환이 좋아하는 음식 중 하나가 삼겹살이라는 정보를 입수한 터였다. 프라이팬에 고기를 올리고 환의 손에 집게를 넘겼다. 어찌나 집중을 하는지 고기 앞에 이렇게 경건한 자세와 이토록 진지한 집게질은 보지 못했다.

마주한 식탁에서는 탁이 수저를 챙겨 놓고 앉아서 지켜

보고 있었다. 이래라저래라 훈수가 없다. 바라볼 뿐이다. 고기에서 나온 기름이 지글거리는 소리가 들릴 뿐. 평화롭다.

접시에 담겨 식탁으로 이동한 고기를 가위질하는 데는 협업이 필요했다. 탁이 집게로 들어 올리고 환이 자른다. 다음 고기 조각은 역할 교대, 집게는 환이가 가위는 탁이가. 집게가 흔들려도 가위가 비뚤어져도 이렇다 저렇다 말이 없다. 큰 조각, 작은 조각, 반듯한 조각, 비스듬한 조각 들이 만들어지는 내내 한 마디의 말도 없이 이루어지는 이심전심의 공조.

오늘의 주량은 맥주 한 캔을 둘이서 반띵! 서로의 작은 잔을 채워 준다. 건배도 없이 각자 자신의 음식을 먹는다. 여전히 말이 없다. 그러나 혼자 먹을 때보다는 천천히 먹는다. 상대를 의식하고 있는 것이다. 어쩌면 저리 한 마디 말 섞음이 없을까.

그러나 생각해 보면 둘은 이런 자리를 경험해 본 적이 없다. 같이 먹고 마시며 이런저런 이야기를 나누는 걸 본 적도 없다. 어쩌면 이들이 이런 자리를 원하고 있다는 생각조차 안 했을지 모른다. 나도 이들을 가까이에서 개인으로 지켜보지 않았다면, 돌봄이 아닌 예술이라는 통로를 거치지 않았다면, 고정관념적인 눈에 갇혀 이들에게 또래의 일반적 문화를 체험할 기회가 주어져야 한다는 생각을 못 했을 것이다.

재미진 실험

밥을 먹고 이들은 구구 스튜디오 주변 길을 산책하러 나갔다. 빌라 단지 열 바퀴를 도는 것이 매일의 미션이다. 탁이 나가고 환이 따라간다. 둘이 열심히 걷는다. 아무 말이 없지만 멀리 떨어지지 않고 나란히 걷는다. 그리고 정확히 열 바퀴를 돌고는 구구 스튜디오로 돌아온다. 구구는 아침 9시부터 밤 9시까지 문이 열려 있다는 뜻에서 지어진 이름이다. 그 또래들이 카페에 출입하는 시간대가 그 정도는 될 터이니 이들에게도 그만큼 누릴 수 있는 아지트가 필요해서였다.

마치는 시간이 되자 활동보조 선생님들이 오셨다. "오늘 둘이 맥주 한잔했어요"라는 내 말에 "집에서 알고 계신 거죠?" 하신다. 이들이 돌아가고 엄마들에게 전화를 걸었다.

"내가 오늘 맥주 한 캔 둘이 나눠 마시게 했어요."

"아이고, 좋았겠네요."

"어떻게 알았어요? 아주 좋아해서 매주 목요일은 치맥 데이로 정하려고 하는데요. 사실 그 나이면 친구들과 술 마시고 다닐 때잖아요."

"그렇죠…. 그런데…"

환과 탁은 맥주를 어떻게 생각할까. 어려서는 학교와 치료실, 성장해서는 주간센터와 몇 개의 정해진 코스를 엄마 아니면 활동보조 선생님과 다람쥐 쳇바퀴 돌 듯 다니는 그들의 삶에 맥주 한잔이 작은 재미가 되었길 바란다.

그다음 목요일, 환이 구구에 들어서자마자 말했다.

"오늘 맥주, 목요일이니까."

탁에게 물으니 시원한 답이 돌아왔다.

"좋습니다."

굳이 지난주의 백주가 좋았냐고 물을 것도 없었다.

둘은 말없이 맥주를 나누고 말없이 마시고 말없이 걷고 돌아와 말없이 그림을 그리다가 데리러 온 사람을 따라서 갔다.

환이와 탁이는 서로에게 안정된 공간이자 익숙한 사람이다. 조용한 동행, 존재만으로 충분히 힘을 얻는 이 평화로운 동행을 나는 '환탁스틱 듀오'라 부른다.

38년 차 교사인 내 친구는 학교에서 친구를 얻기가 어려운 현실을 말한다. 새 학급이 편성되면 아이들이 서너 개의 그룹으로 나누어지는데 그룹에 못 들어가면 아차 하는 사이에 고립된다. "요즘 아이들은 인간관계에서 가리는 게 너무 많아서 포용성이 없다"는 게 그의 진단이다. 그 이야기를 들으면서 나는 환탁스틱 듀오를 생각했다. 고립되어 있는 누군가가 환탁스틱 듀오에 합류한다면? 환탁스틱 듀오는 그 누구라도 포용할 수 있다. 그에게 어떤 지적질도 하지 않으면서 조용히 곁에 있어 줄 수 있다. 함께 잔을 나누고 함께 걷고 말없이 함께해 줄 능력이 환탁스틱 듀오에게는 있다.

환탁스틱 듀오에게 다른 성향의 '친구' 하나가 더해진다면? 좋아하는 탁구와 농구를 부모와 활동보조 샘의 시간에 구애받지 않고 친구와 즐길 수 있을 것이다. 운동 후에는 맥주 한잔의 꿀맛을 '우리끼리' 느낄 수 있을 것이다. 맥주를 마시며 좋아하는 음악 이야기도 나누고 다음에 함께 영화 볼 계획도 짜고, 낄낄대며 재미있는 시간을 보낼 수 있을 것이다.

듀오는 그에게 변치 않을 편안한 마음의 의지처가 되고, 듀오에게 그는 일상의 소소한 재미로 인도하는 가이드가 되고, 이렇게 되면 환타스틱 원윈이 되지 않을까.

부끄러운 고백, 부러운 고백

"발달장애인들이 그림을 그린다고요? 이게 가능한 일입니까?"

"이 전시에 나온 그림들을 발달장애인이 직접 혼자 다 그린 거 맞아요? 혹시 누가 그려 준 거 아닙니까?"

장애에 대한 편견에서 나오는 말인 줄 알지만 기분이 나쁘지는 않다. 자신들의 고정관념이 흔들리고 있음을 인정하는 것 아닌가.

"처음에 전시장 사용 신청이 들어왔을 때 제가 좀 꺼렸어요. 장애인들의 작품이라 우리 전시장 이미지를 떨어뜨리지 않을까 해서요. 막상 전시를 보고 너무 놀랐어요. 얼마 전에 미술대학 졸업 작품전을 했는데 그것보다 훨씬 좋은 거예요. 외국 작품들 전시도 했었는데 그보다도 나았어요. 제가 우리 직원들에게도 꼭 보라고 했고, 아는 사람들에게 연락해서 다 와 보라고 했어요. 저도 거의 매일 봤어요. 선입견을 가지고 판단했던 제가 부끄럽습니다. 죄송합니다."

우리가 빌린 전시장 대표의 고백에는 깊은 진정성이 있었다.

유명 미술대를 졸업한 어느 작가는 전시를 보다가 울었다고 했다. 무슨 감동을 얼마나 받았길래, 했더니 그게 아니었다.

"사실 이게 진짜거든요. 우리는 다 배워서 계산해서 그리고 남의 눈에 멋져 보일지를 의식하며 그리지만, 이들은 그냥 그리는 거예요. 원초적 감각이 그대로 나타나서, 소름이 돋으면서 나도 모르게 눈물이 흐르더라고요. 부끄러워서요."

화살표만으로 캔버스를 가득 채운 작품도 있었다. 직진, 우회전, 좌회전, 유턴. 오로지 이 네 가지 이미지와 색깔만으로 다양한 그림을 그려 낼 수 있는 사람이 도대체 몇이나 될까. 그는 서너 살 때 길을 가다가 도로에 그려진 화살표에 꽂혀 20년이 넘게 오로지 화살표만 그리고 있다. 개그맨 전유

성 씨는 "도로 표지들을 이 친구가 그리면 재밌고 이뻐서 교통 체증에 짜증이 덜 날 것"이라며, 도로 관련 행정부처에서 당장 스카웃해 가야 마땅하다고 했다.

장애로 손의 힘이 약한 또 다른 작가는 동양화를 만나 전화위복이 되었다. 그는 손에 힘을 빼야 잘 그릴 수 있는 화풍과 궁합이 잘 맞았다. 자화상을 비롯하여 소까지 가족을 그렸는데 한지에 번진 은은한 색감이 가족에 대한 그의 사랑을 흠씬 느끼게 했다.

수지 씨는 창문의 화가였다. 그는 창문에 종이를 대고 일어서서 그림을 그렸다. 창밖으로 보이는 것들을 그리는 것이다. 색색의 크고 작은 사각들로 가득 찬 그림이었다. 물어보니 길 건너 편의점 냉장고에 들어 있는 캔 음료들의 색을 표현한 것이었다. 나는 냉장고에서 음료의 이름을 보는 데 내 시력을 사용했는데 그는 냉장고 속 컬러에 주목했던 것이다.

예술가와 장애 예술가의 차이는 무엇일까?

"탁이 두 달 동안 용만 그렸어요. '오늘은 밑천이 다 떨어졌을 거야' 해도 역시 용을 그려요. 전혀 다른 느낌의 새로운 용을 그린단 말이에요. 와, 이 무한한 창작력은 도대체 어디서 나오는 것일까. 솔직히 부럽죠, 같은 작가로서."

탁의 짝꿍 양 작가의 말에 문득 '용용 죽겠지'가 생각나서 혼자 웃었다. 화가 윤석남 선생도 전시회에 오셔서 말씀하셨다.

"장애가 아냐. 이런저런 잡다한 것들에 대한 관심이 없이, 오로지 자기들이 하고 싶은 것만 하는 이들이야말로 예술활동에 최적화된 사람들이야. 나는 너무 부러워."

끝없이 이어지는 창작의 에너지, 그림을 그리는 즉시 행복해진다고 하는 이들이 어째서 장애 예술가라고 불려야 하는가. 전시회에 굳이 발달장애인 작품 전시라고 표현해야 할까? 그냥 전시라고 하면 속이는 것일까?

한 기획자가 답했다.

"기회가 없었지, 잠재력이 없는 게 아닙니다. 장애라는 편견을 버리고 똑같은 기회를 주었다면 지금 작가들 올킬 아닐까요? 하하하."

° "장애가 아냐. 이런저런 잡다한 것들에 대한 관심이 없이, 오로지 자기들이 하고 싶은 것만 하는 이들이야말로 예술활동에 최적화된 사람들이야. 나는 너무 부러워."

그래서 꽃이 핀다

공을 이용한 몸 작업의 날이었다. 달덩이처럼 둥둥 뜨는 부드러운 공은 오감이 예민한 이들에게 적절한 파트너였다. 그가 앉은 채로 큰 공을 품에 안고 거기 기대어 눈을 감고 있는데, 그 표정이 아기같이 천진했다. 멍하고 무관심하게 느껴지던 눈동자 대신 속눈썹이 반달 라인을 이룬 눈은 평화였다.

나만 본 것이 아니었다. 그간 작업에 전혀 참여하지 않는 그를 안타깝게 지켜보던 교사들도 이게 웬일인가 하는 표정이었다.

'날새자', 날자, 새처럼, 자유롭게의 축약어로 사단법인 누구나가 예술 지원을 미술에 이어 무용으로 확대한 의미 있는 사업이었다.

　작업 첫날 다목적실에서 나는 그를 처음 보았다. 다 같이 일어나서 하는 동작에도 그는 일어나지 않았다. 벽에 등을 댄 채 세상 관심 없는 표정으로 앉아 있었다.

　작업보조 선생님들이 그를 일으켜 주려 하자, 무용가가 조용히 다가와 몸짓으로 만류했다.

　움직이지 않는 것도 그가 선택한 '움직임'으로 존중해야 한다는 것이었다. 무용가들은 그의 앞쪽으로 더 자주 이동해서 그가 이 공간에서 결코 소외되고 있지 않음을 느끼게 해 주었다.

　공에 기대어 눈을 감고 쉬는 경험을 한 그날 이후, 그는 변화의 연속을 보여 주었다. 앉아 있는 그에게 무용가들이 다가가면 씩 웃었다. 부담스럽거나 싫지 않은 것이다. 앉아 있는 것은 여전하지만 눈으로 참여하고 있는 것이 보였다.

　드디어 그가 일어서는 날이 왔다. 그날의 무용 작업은 바닥에 놓인 붉은 고무줄을 밟는 것이었다. 무용가들은 늘 그랬듯이 그에게 다가가 여러 가지 몸짓을 보여 주었다. 그는 자기만 바라보며 코앞에서 춤사위를 펼치는 걸 보며 씩 웃었다. 눈에서 입으로 참여의 폭이 늘어난 것이다. 그러더니 손을 들어 무용가의 몸에 터치를 시도했다. 무용가가 그의 들어 올린 손에 가볍게 터치를 하자 그가 그 손을 꽉 잡았다. 그러고는 그 손을 잡고 일어선 것이다. 그는 사람들의 손을 잡고 붉은 줄을 따라 걷고 또 걸었다. 마치 걸음마를 처음 시작하듯.

나중에 알고 보니 오래전에 발목을 다쳤다고 했다. 그 트라우마로 다리를 많이 쓰는 일을 힘들어한다는 것을 알게 되었다. 그랬었구나. 하기 싫어서가 아니었구나. 도움이 필요했구나. 용기를 부축해 줄 다정한 손이 필요했구나.

예술작업을 통해, 존재 그대로를 인정하면서 소통하는 시간이 흐르고 나야 당사자 주체성이라는 꽃이 피어난다는 것을 깨닫게 된 교훈이었다.

당사자 주체성이라는 훌륭한 교훈 덕에 나는 아주 멋진 체험을 할 수 있었다.

육지에서 발달장애 자녀를 둔 부모 둘이 자녀들과 제주도로 여행을 왔다. 말하자면 힐링 여행을 온 모녀 두 쌍이었다. 그중에 한 어머니가 화가여서 누구나 작업실을 찾아왔다. 자신도 지역에서 발달장애 미술학교를 운영해 볼 계획을 갖고 있노라 했다.

방문자들에게 그림을 그릴 기회를 주는 것은 누구나의 손님 대접이었다. 세 명은 열심히 그리는데 한 명은 절대

'노!'였다. 밥상처럼 받아 놓은 도화지와 크레파스를 앞에 두고 그냥 앉아 있는 그에게 나는 "안 그려도 된다"고 말해 주었다. 진심이었다.

그 어머니는 안타까워하며 "너도 한번 그려 봐라" 권하고 또 권했다. 보다 못한 내가 나섰다.

"안 그리는 것도 그의 선택입니다. 다른 방식으로 그리고 있는 건지도 모르고요."

뭔 희한한 소리냐 싶을 이야기를 나도 모르게 내 입이 하고 있었다. 그 딸에게도 말했다.

"하고 싶은 대로 하세요. 여기가 그림을 꼭 그려야 하는 곳은 아니에요."

그러나 '밥상'을 치우지는 않았다.

세 사람의 그림이 거의 완성될 무렵, '노!'였던 딸이 크레용을 집었다. 도화지를 채우기 시작하더니 완성된 그림 한편에 자신의 이름을 크게 적었다. 낙관을 친 것이다.

"아이고 웬일이야. 태어나서 처음 그린 그림이에요."

엄마는 물론 동행한 엄마까지 감탄에 감동에 감격이었다.

딸의 나이 마흔이었다.

한 사람의 생애 첫 그림의 탄생 현장에, 그것도 산파로 있게 되다니, 이런 굉장한 일이!

그동안 그림 그릴 기회가 없었던 건 아니었을 것이다. 그러나 멍석은 누구에게나 부담이다. 그림을 그리지 않으니 싫어하는 것으로 굳어져 있었을 것이다. 40년 가까이 굳어진 '나는 그림을 싫어한다', 더 정확히는 '싫어하는 것'으로 되어 있던 역사를 단번에 뒤집고 그림을 그리게 된 것이다.

편안한 시선 하나가 존중이 된다. 거기에 더한 따뜻함이 굳은살들을 부드럽게 만들어 가노라면 꽃은 피게 되어 있다.

6시간 10분

　이 일은 어느 날 남자 작가 둘이 나를 찾아온 것으로 시작되었다. 발달장애 미술작업을 지원하는 일을 시작했다며 우리 집에 와서 희나와 작업을 몇 번 하고 싶다고 했다. 우리로서는 매우 반가운 일이었다. 4회 정도로 많은 차수는 아니었지만 1:1도 아니고 2:1이라니! 나는 이미 1:1의 관계가 집중력을 상당히 높인다는 것을 체험한 터라 기대가 되었다.

　희나는 어려서부터 색을 나열하듯 칠하는 걸 즐겨 했다. 어떤 형태를 표현하는 게 아니라서 그림을 그린다고 하기는 애매했다. 그래서 누가 물으면 색 작업을 한다고 말했다. 시작은 항상 하늘색 옆에 파랑색인데 그다음부터는 주황과 연

주황과 노랑 등 선호하는 색들이 조금씩 위치를 달리하면서 쌓여 간다. 나열되는 색의 순서에 따라서 느낌이 달라졌다. 색감이 좋다는, 환해서 보고 있으면 기분이 좋아진다는 말을 많이 들었다. 희나는 색을 칠하면서 마음이 안정되는 것 같았다. 사람들이 십자수나 뜨개질을 하면 잡념이 사라지고 마음이 가라앉는다고 하는 것을 보면서 희나도 그러려니 짐작했다. 그런데 혼자서 하면 금방 끝났다. 30분도 못 가서 "그만해요"라고 말하기 일쑤였다.

두 작가와의 작업에서 희나는 첫날뿐 아니라 2차, 3차 모두 두 시간을 채웠다. 역시 한 명보다 두 명, 자신에게 집중해 주는 사람들이 많은 만큼 지구력과 집중력이 늘어가는 것이었다.

4차, 마지막 날은 작가 한 명이 더 왔다. 3:1이었다. 희나 옆에 한 명, 맞은편에 두 명이 앉았다. 지금까지와 달리 교류해야 할 사람이 한 명 더 늘어난 것이다. 이번에는 칠하는 시간보다 하이파이브 하는 시간이 더 길 것으로 예상되었다.

마커 선택, 뚜껑 열기, 칠하기, 뚜껑 닫기, 제자리에 놓기, 하이파이브. 정해진 코스가 몇 번 이루어지더니 다른 양상이 나타났다. 하이파이브 대신 눈 맞춤이었다. 세 사람 모두에게 공평한 1:1의 눈 맞춤, 눈을 맞추고 잠깐 응시를 한 다음 고개를 끄덕이고, 다음 사람에게로 옮겨 가고 똑같이 고개를 끄덕인 다음 또 넘어가는 눈 맞춤의 파노라마. 시계 초침이 유일한 소리인, 고요의 공간에서 네 사람의 마음이 모이고 있었다. 그 중심에 희나가 있었다.

8시, 끝나야 할 시각이었지만 희나의 초집중에, 마지막이라는 아쉬움에, 누구도 흐트러짐이 없었다. 시간이 길어지면서 소통에 탄력이 붙었다. 희나가, 자신이 만든 패턴이 전적으로 수용되면서 안정세를 보이자 작가들은 속삭이기 시작했다. 희나가 새로 마커를 뽑으려 할 때마다 색깔 맞추기를 하는 것이었다. '주황', '노랑', 맞을 때는 만족한 미소를 보이고 틀릴 때는 허를 찌른 듯한 선택에 낮은 탄성을 흘렸다.

그런데 어느 순간부터 희나가 자기가 뽑은 색을 칠하고는 그 색을 자기 입으로 말하기 시작했다. 희나의 자발적 색깔 말하기가 너무나 반가운 작가들은 그때마다 맞장구를 쳐 주었다. "그렇지", "보라색 맞아", "그렇지", "주황색 맞아" 그러면 희나가 다시 "맞아요"로 받았다. "맞아요"라는 말과 함께, 세 사람을 향해 펼쳐지는 1:1의 공평한 눈 맞춤의 파노라마, 들뜨거나 흥분되지 않으면서 고요한 가운데 뭔가 단단하게 차오르고 있었다.

10시쯤 되자 나는 살짝 초조해지기 시작했다. 작가들은 보통 8시에 희나와 작업을 마치고 저녁밥을 먹는다고 했었다. 마지막 날이라 다과를 준비해 놓고 있었다. 그런데 꺼낼 상황이 아니었다. 아니 꺼내고 싶지 않았다. 희나가 맞이한 이 황금의 시간을 놓치기 아까운 욕심이 앞섰다.

작가들은 희나가 보이는 뜻밖의 모습에 배고픔도 잊은 듯했다. 희나의 색이 쌓여 가는 걸 보며 서로 눈빛을 교환하기도 하고 혼자 고개를 끄덕이기도 했다.

"예쁘다."

최 작가, 반응이 가장 적극적인 그가 혼잣말을 했다.

그때 희나는 색을 칠하느라 캔버스에 집중하고 있었다.

"예쁘다."

희나가 고개를 들어 최 작가를 바라보며 따라 했다. 귀로 들은 말을 입으로, 그것도 시선까지 함께 협응하여 하는 것이었다. 언어치료 교실에서 그렇게 해도 안 되던 '듣기, 보기, 말하기'가 이렇게 쉽게 실현되다니. 나는 애써 흥분을 가라앉히고 작가들에게 나지막이 이 상황의 의미를 전했다.

"선생님들이 집중해 주니까 언어치료 효과까지 나타나네요."

작가들은 "예쁘다"를 반복했고, 희나는 따라 했다. 단어에 변화를 줘도 그대로 따라 했다. "잘했다", "좋아요", 듣는 대로 희나의 입에서 소리가 나오는 게 신기했다.

더 이상은 안 되겠기에 끊은 것이 12시 10분, 다음 날이 된 것이다. 6시간 10분! 함께한 우리도 놀란 대장정이었다.

나는 이 시간을 몇 번이고 되새김했다. 세 명의 작가는 희나보다 몇 살 위이긴 하지만 같은 삼십 대였다. 희나가 그 긴 시간을 화장실도 가지 않고 지켜 낸 깃은 색칠 작업보다는 그것을 매개로 서로 교류하며 함께하는 게 좋아서였을 것이다.

자아성장 프로그램에 '시리어스 드릴'이라는 기법이 있다. 상대를 향해 집중해 줄 때 그 안에서 긍정적인 에너지가 솟아난다는 것이다. 우리가 온전히 함께 있었던 시간, 한 사람에게 초점을 맞추면서 잡념 없이 에너지를 내주는 이런 경험은 쉽게 할 수 있는 게 아니다. 집중된 관계가 갖는 힘을 알고 있는 나도 그걸 실현하지는 못했다. 함께할 사람들이 없기 때문이었다. 돈을 주고 산다 해도 질과 양에서 이런 시간을 갖기는 어렵다. 우리는 사람에게 순수하게 집중하는 걸 잃어 가는 시대에 살고 있다.

희나에게는 꼭 필요한, 그러나 쉽지 않은 '순수한 집중'이 가능하기 위해서는 무엇을 해야 할까? 역시 공동체, 예술 공동체가 희나와 같은 중증 장애인에게는 반드시 필요하다는 것을 절감한 실험이었다.

재미진 실험

아트팜을 향하여

  영화 〈레인맨〉. 더스틴 호프만이 주인공으로 열연한 이 영화는 자폐를 처음으로 대중적 이슈로 만들었다는 평가를 받고 있다. 백만장자 아버지가 죽은 후 재산을 몽땅 큰아들에게 물려준 것을 알게 된 작은아들이 형을 찾아 나선다. 아니 재산을 찾아 나선 것이다. 형과 며칠을 보낸 동생은 마침내 형을 이해하고 사랑하게 되지만 형은 보호시설로 되돌아가야 한다. 아버지가 아들의 평생을 재산과 함께 시설에 맡겼기 때문이다. 시설로 돌아가기 위해 기차를 탄 형의 손을 잡는 동생의 눈에 이제 재산에 대한 욕심 대신 사랑하는 형제와의 이별의 안타까움이 가득하다.

아버지는 왜 아들을 위한 공동체를 만들어 주지 않았을까. 인격적으로 존중받으며 다양한 사람들과 교류하고 살 수 있는 그런 삶의 터전 말이다. 그랬다면 철든 동생과 헤어지지 않고 함께 사는 행복을 누릴 수 있었을 텐데, 시대의 한계라고 할 수밖에 없다.

몽골 올레가 개장된다는 소식에 나는 흥분했다. 언니와 희나와 나, 우리 셋의 해외여행이 처음으로 '개장'되는 것이었다. 전세기로 올레꾼들만 타고 가고 호텔, 버스, 식당, 모든 것이 홈그라운드 스타일이니 우리는 숟가락만 얹으면 되었다. 집 떠나서 자는 것을 매우 싫어하는 희나가 어떤 반응을 하고 어떤 행동을 하든, 올레라는 울타리 안에서 우리는 보호받을 것이라는 믿음이 여행을 감행하게 했다.

의외로 희나는 순조롭게 적응했다. 전체적인 분위기가 희나를 안정되게 하니까 불안에서 나타나는 현상들(소리 지르기, 울기, 뛰어다니기 등등)이 거의 없었다. 오히려 쾌적한 호텔 방과 선택해서 먹는 뷔페를 즐거워하는 것 같았다.

게르 체험, TV에서만 보았던 몽골 텐트 숙소에 드니 비로소 낯선 곳으로 공간 이동했음이 실감 났다. 원형으로 지어진 게르는 모서리가 없어서 침구나 가구 배치에 각이 맞지는 않았지만 편안하고 재미있었다. 시선의 단절 없이 360도 회전할 수 있는 것이 편안함의 근거 같았다. 침대 세 개가 나란히 놓여 있는 호텔과 달리 원형 벽을 따라 한 개씩 놓인 침대는 마치 기차 같았다. 거기 누운 우리는 줄줄이 달린 비엔나 소시지 같았다. 누워서도 다른 두 사람이 한눈에 들어오고 이야기를 나누기도 쉬운 것이 원형이 주는 매력이었다.

아침에 일찍 일어나 게르의 문을 열고 나오니 대평원에 작은 게르들이 제법 넓은 간격을 두고 세워져 있는 게 마치 드문드문 심어 놓은 텃밭의 상추 포기들 같았다. 개인의 공간이 보장되면서 큰 마당에서 함께 사는 공동체. 식사 장소는 대형 게르였다. 커다란 원 속에 놓인 원형 식탁, 우리가 계란 프라이의 노른자에 둘러앉은 것 같아 재미있었다.

여행에서 돌아와서도 게르는 내 머릿속을 떠나지 않았다. 예술로 소통하는 재미진 실험을 통해 내가 얻은 결론은 공동체였기 때문이다. 나도 원형의 집에 살고 싶다. 희나에게도 독립된 게르를 하나 주고 그 안에서 그림도 그리고 라면도 끓여 먹게 하면 그게 독립 아닐까? 이왕이면 원하는 다른 사람들도 게르를 짓고 함께 사는 거야. 따로 또 함께, 이게 나의 로망이던 공동체 아닌가. 내 말을 들은 미술 작가가 기름을 부었다.

"그렇죠. 작은 게르는 개인의 공간, 말하자면 레지던시가 되는 거예요. 거기서 개인 작업도 하고 숙식도 하고. 더 큰 게르는 모여서 작업하고 싶을 때 오는 공동의 공간, 거기 와서 콜라보 작업을 하기도 하고, 그곳이 갤러리가 되기도 하죠. 굿즈를 팔기도 하고요. 아, 개인 게르가 곧 개인 전시장이 될 수도 있어요."

그도 이런 아트 집성촌을 꿈꾸었노라 했다. 작업도 하고 작품도 팔고 그래서 생계도 유지하고. 더구나 이곳이 갤러리촌으로 관람객과 방문객이 많아지면…. 와우! 경제적, 사회적, 심리적 독립 3종 세트가 완성되는구나.

발달장애인의 직업이 보호 작업장을 넘어 커피와 쿠키로 진화되었지만 그게 끝이어서는 안 된다. 희나같이 이런 직업에 종사할 수 없는 이른바 중증의 사람들도 돈을 벌 수 있는 다양한 직업이 개발되어야 한다. 누군가가 에코팜이 트렌드라며 공동체 비전에 화력을 보탰다.

"자기네가 먹을 텃밭을 농사짓는 거야. 백날 그림만 그릴 수 있는 건 아니잖아. 무슨 그림 제조기도 아니고, 하하하. 그리고 그게 남으면 유기농으로 조금씩 팔기도 하고. 굳이 발달장애인만 대상으로 할 건 아니죠? 에코팜의 매력은 남녀노소 다 해당될걸? 나도 거기 게르 한 채 찜할래."

금상첨화. 자칫하면 게르가 장애인 게토가 될 수도 있는데 다양한 사람들이 어울린다면 베스트 오브 베스트! 그래, 아트팜이다. 남녀노소 장애 비장애 한데 어울려 자유롭고 재미있게, 누구나 들어오고 싶고, 구경만 해도 힐링이 되는 공동체. 이제 내 생애 남은 시간은 아트팜을 향해서 가면 되는 것이다.

자폐를 장애 중의 장애라고 하는 세상이고 보니 부모들은 "내가 아이보다 딱 하루만 더 살았으면 좋겠다"는 말을 하기에 이른다. 그 심정 모르는 바 아니지만 좀 더 냉정하게 생각하면 젊은 자식에게 "나보다 하루 앞서가라"는 말이 되는 것이니 절대 해서는 안 될 말이다.

그 안타까움과 고민을 함께 해결해 나갈 생각을 해야 한다. 안전만이 아니라 재미를 느끼며 살 수 있는 길을 찾아야 한다. 그 길의 하나가 공동체라 할 수 있다.

고립은 위험하다. 점으로 있으면 안 된다. 사람과 사람이 이어져 선이 되어야 한다. 그 선이 모여서 면이 되고 입체가 되어 공간이 생긴다. 그 안에 거하는 것이다. 그게 우리의 우주, 공동체이다. 자녀에게도 부모에게도 공동체는 필수이다.

희나, 언니, 나, 탁, 환, 작가들, 친구들, 지인들, 떠오르는 얼굴들이 한둘이 아니다. 아, 땅이 몇 평이나 돼야 할까?

/ 5부 /

이대로 좋아

희나의 속도

셔틀버스는 8시 52분에 온다. 제시간을 놓치면 기차처럼 떠나 버리는 건 아니지만 다음에 탈 사람들이 연쇄적으로 기다리게 된다. 버스에 타고 가는 걸 봐야 하는 보호자들의 일정에도 차질이 생긴다.

"희나야, 세수해라."

목욕탕에 들어간 희나, 시간이 지체되어 따라가 보니 칫솔을 막대 사탕처럼 입에 물고 거울 속을 들여다보고 있다. 급한 마음에 칫솔질을 해 준다. 희나는 칫솔을 정성껏 물에 빨고 수건으로 칫솔 손잡이의 물기를, 역시 매우 신중하게 닦는다. 칫솔질은 내게 양보해도 이건 절대 양보하지 않는 희나, 내 속이 지글지글 끓어오른다. 머리빗을 들긴 했는데 거울 앞에 멍 때린다. 내가 빗긴다. 희나는 잠옷을 벗어 옷걸이에 건다. 급한 날은 생략해도 좋으련만 외출복을 벗어 거는 듯하고 있다. 양말을 신을 차례, 양말 서랍을 열고 또 멍. 아무 양말이나 집어 신긴다. 8시 40분, 마음이 급해진다.

신빌만 신으면 끝, 그러나 깔딱고개가 앞에 있다. 신발장 문을 열고 시간을 끈다. 신발을 꺼내 들고 시간을 끈다. 구둣주걱을 뽑아 신발을 신고 구둣주걱을 고리에 꽂는 데 매우 신중하다.

현관문을 여니 셔틀버스가 저기 주차장에 서 있는 게 보인다.

"희나야, 뛰어!"

뛰는 법이 없다. 양반도 아닌 것이. 셔틀버스 앞에서 "죄송합니다"로 하루를 시작하지 않는 방법은, 내가 다 하는 것이다. "자, 빨리빨리", "어서어서", 40분간의 전쟁을 치르고 나면 맥이 빠진다. 끝나지 않는 육아를 실감하며 깊은 한숨이 절로 나온다.

하루는 센터의 담임선생님이 걱정스럽게 말했다. 희나가 센터에 와서 신발을 벗으며 "양말 신어요"라고 했다는 것이다. "신발 벗어요" 타이밍에 "양말 신어요"라니. 신발과 양

말을, 벗기와 신기를 헷갈린다는 말 아닌가. 그날부터 양말과 신발을 입이 닳도록 말해 주었다.

희나에게 규칙이 있다는 것을 알게 된 건 시간이 좀 지나서였다. 희나는 일거수일투족의 전후에 말을 붙였다. 바지를 입기 전에 "바지 입어요"라고 말한 다음 바지가 있는 곳으로 간다. 다 입은 후에는 "바지 입었어요"라고 한다. 그 말이 끝난 후에야 다음 순서를 말한다. 약을 먹을 때도 손에 약을 쥐고 "약 먹어요"라고 말한 다음 입에 넣는다. 먹은 다음에는 "약 먹었어요"를 빼먹지 않는다. 실수가 없도록 전후를 체크하는 매뉴얼처럼 말이다.

그날 희나는 시간에 쫓기는 엄마에게 양말 신김을 당하고, 등 떠밀려 버스를 타느라 "양말 신었어요"를 하지 못했다. 행동의 컨베이어 벨트가 자신이 감당할 수 없는 빠른 속도로 돌아갔던 것이다.

책 《뉴로트라이브》에 이런 대목이 있다.

"자폐증의 기준에서 볼 때 '정상적인 뇌'는 항상 일정한 방식으로 진행돼야 하는 것들에 대한 주의력이 부족하다."

희나는 옷을 입는 순서가 정해져 있었다. 바지를 입은 후 양말을 신었다. 양말을 먼저 신기려 하면 손으로 막았다. 바지는 윗옷을 다 입은 다음에야 입었다. 질서 정연한 내림차

순 옷 입기였다.

질서는 안정감을 가져온다. '가스 밸브?', '지갑?', '핸드폰?', '차 키?', 외출 시의 체크리스트를 만들어 현관문 앞에 붙여 두면 허둥대거나 곧 되돌아오거나, 나가서 불안할 일이 없다. 건망증 예방책 중에는 일거수일투족에 말을 붙이라는 것도 있다.

외국의 명상 순례단이 우리나라에 왔을 때의 일이다. 인사동을 걷는데 어찌나 느리게 걷는지 취재하던 기자들이 답답해 견딜 수가 없었다고 한다. 그런데 삼청동으로 가기 위해 횡단보도를 건넌 순례단은 얼마 가지 않아 바닥에 모두 주저앉았다. 몸을 너무 빨리 움직여서 영혼이 아직 도착을 못 해 기다리는 중이라는 것이었다. 답답해하던 기자들이 무릎을 쳤다고 한다. 뭐든 급하게 하고 나면 "정신없이 했다"고 하지 않는가.

인디언들은 말을 타고 초원을 한참 달려간 다음에는, 말머리를 돌려 자신이 달려온 곳을 바라보며 한동안 멈춰 선다고 한다. 자신의 영혼이 도착하기를 기다리는 것이다.

어쩌면 희나는 빠릿빠릿하지 못한 게 아니라 인간 본연의 속도를 유지하고 있는 것일지도 모른다. 희나 속에 있는 속도. 희나의 삶에서 이 속도는 존중되어야 한다. 내가 "희나

이대로 좋아

°어쩌면 희나는 빠릿빠릿하지 못한
게 아니라 인간 본연의 속도를 유지하고
있는 것일지도 모른다. 희나 속에
있는 속도, 희나의 삶에서 이 속도는
존중되어야 한다.

야, 머리 빗어"라고 해도 희나는 들은 체 만 체한다. 그러나 시간이 좀 지나면 머리를 빗는 희나를 보게 된다. 오래 걸리는구나. 그러나 이건 내 속도일 뿐, 희나의 속도로는 제때 하는 것이다. 말 머리를 돌려 기다리는 법을 배우지 못한 내가 문제였다.

지금은 새촉하기보나 센터에 가는 준비 시간을 더 길게 잡는다. 항상 일정한 방식으로 진행돼야 하는 것들에 대해 주의를 기울이는 데 방해받지 않으면서 하루를 시작하는 희나. 말 머리를 돌려 서서 느릿느릿 걸어오는 아이를 바라보는 우아한 인디언으로 하루를 시작하는 나. 우리의 아침은 이래서 평화롭다.

> **"**
> 아이의 속도를 존중하자. 그래야 자발성이 나온다.
> 그 자발성을 실마리로 잠재된 능력들이 하나둘 조금씩
> 풀려나온다. 그 속도의 느림을 견딜 수 없는 어른은 책이나,
> 핸드폰 등 다른 일을 병행하면 아이가 뜸 들이는 동안
> 기다리는 시간을 채우는 데 도움이 된다. **"**

이대로 좋아

"옳지, 잘했지"

옳지.

잘했지.

두 문장이지만, 희나에게는 동전의 앞뒤같이 세트다.

희나가 이 말 동전을 하루에 몇 번이나 굴릴까? 최소 백 번이다. 저녁에 설거지 정리를 하면서 그릇 하나를 마른행주로 닦을 때 한 번, 그걸 제자리에 넣을 때 한 번, 그릇당 두 번이니 수저까지 합치면 대략 쉰 번, 건조기에서 빨래를 꺼내 정리하면서도 품목 하나당 두 번이니 마흔 번, 청소를 하면서 열 번, 일기를 쓰면서 서른세 번, 빨래가 없는 날과 청소를 안 하는 날도 있으니 평균 백 번은 족히 된다.

'올치, 잘했지'는 세상에서 처음으로 희나의 귀에 꽂힌 말이다. 오로지 그 말을 듣고 싶어 했고 그 말을 하고 싶어 했다. 시원지는 우리 어머니이다. 어머니 눈에 희나의 일거수 일투족은 다 '올치'이고 '잘했지'였다. 할머니와 지내는 시간이 많았던 희나는 세상에서 가장 많이 들은 말이 '올치'와 '잘했시'였다.

　어릴 때는 '올치'와 '잘했지'를 말로 하지 못하고 손바닥을 내밀었다. 상대가 손바닥을 마주쳐 주며 '올치, 잘했지'라고 말해 주길 기대하는 것이었다. 배구 선수들이 득점하면 손바닥을 마주치며 하이파이브를 하는 것과 비슷한 의례였다.

　초등학교 1학년, 이른바 '특수교실'에 다니게 된 희나. 어느 날 알림장에 선생님의 질문이 적혀 있었다. 희나가 올치를 자주 요구하는데 틀린 글자를 써 놓았을 때도 '옳지'라고 말해 줘야 하는 거냐는 내용이었다. 우리 가족은 회의를 열었다. 뭐라고 답을 해야 할 것인가. 학교란 배우는 곳인데 오답을 옳다고 했다가 영영 잘못 알면 어쩌나, 더구나 특수한 아이인데…. 마땅한 답을 보내지 못한 채 다음 날 알림장에 선생님의 답이 왔다. 집에서도 틀린 것에는 '옳지' 말고 '아니다'라고 해 줘야 한다는 가이드라인이었다. 전문가의 말을 따라야 한다고 생각했다. 그래야 발전이 있을 거라고 생각했다.

"아니야, 틀렸어."

고개를 가로저으면 희나는 울상이 되었다. 마주쳐 달라고 내민 손을 거두지 않았다. 더 간절히 내밀었다. 그래도 '올치'가 안 나오면 짜증을 내다가 소리를 지르고 뛰어다니며 울었다. 그래도 아닌 건 아니라고 버텼다. 그게 교육이라 믿었다.

20년이란 시간이 흐른 지금 희나뿐 아니라 나와 언니 입에도 '올치, 잘했지'가 붙어 있다. 희나의 '올치, 잘했지'에 우리는 메아리가 되어 준다. 전보다는 줄었지만 희나가 손을 내밀 때면 어김없이 하이파이브를 해 준다.

희나에게 '올치, 잘했지'는 어떤 의미일까. 행위 하나가 완성되었음을 알리는 마침표? 자신이 한 게 맞는지에 대한 확인? 잘 모르겠다. 그러나 분명한 건 그 말에 힘입어 다음 행위들이 계속 이어진다는 것이다. 그릇이나 옷 정리처럼 이젠 익숙해진 일을 할 때면 우리의 메아리가 없어도 '올치, 잘했지'를 혼자 반복하며 일을 해 나간다. 스스로 하는 추임새 같기도 하고 짧은 노동요 같기도 하다.

탁구 선수 현정화는 서브를 넣기 전에 꼭 "현정화 파이팅"이라고 외쳤다. 응원석에서 나오는 구호를 본인이 직접 하는 모습이 처음엔 '뭐지?' 싶었는데 시합의 긴장감을 이겨

내기 위해 스스로 만들어 낸 의례라는 생각이 들었다.

　'올치, 잘했지'가 왜 습관이 되었는지는 이제 중요하지 않다. 그게 교육적으로 도움이 되는 건지 아닌지도 따지고 싶지 않다. 진짜 중요한 것은 그 습관 덕에 희나가 뭔가를 꾸준히 할 수 있게 되었다는 것이다.

　'올치, 잘했지', 이 말을 듣고 싶지 않은 사람은 없을 것이다. 칭찬은 귀로 먹는 보약이다. 그렇다면 이 말을 굳이 아껴야 할 필요가 있을까. '올치, 잘했지'가 현재가 아닌 미래로 관점 이동을 돕는 촉매제가 된다면 망설일 이유도 없지 않을까. 기도 같은 것이니까. 우리는 희나 덕분에 매일 귀로 백 번, 입으로 쉰 번, 보약을 먹는다. '잘했지'에 이어 희나는 요즘 '알았어, 알았어'와 '그렇지, 그렇지'를 최애 리스트에 추가했다. 우리의 보약도 추가된 것이다. 기다리고 있을 다음 보약이 궁금하다.

"

아이들이 같은 단어나 말을 반복하는 데에는 이유가 있다.

누구나 한번 꽂힌 음악을 한동안 주야장천 듣는 것처럼

아이들도 그 말에 꽂힌 것이다. 그 말이 상황에 딱 맞느냐를

따지거나, 지겹다고 그만하라고 막기보다 자기표현이나

소통의 욕구로 인정해 주자. 충분히 하고 나면 새로운

레퍼토리가 반드시 등장한다. 발음도 소통에 지장 없다면

굳이 사전적 표준어를 고집하지 않는 것이 좋다.

희나는 복숭애 주스라고 말한다. '아'보다 '애' 발음이 쉬운

것이다. 요즘은 나도 복숭애 주스라고 말한다. 아이만의

언어를 존중해 주는 것이 소통에 도움이 된다.
"

평화를 원하노니

수민 씨가 놀러 왔다. 두 딸과 제주살이 6개월을 마치고 집으로 돌아간다고 작별 인사 차 들른 것이다. 희나가 좋아하는 김밥과 강냉이를 사 가지고 왔다. 우연히 공원에서 만나 친하게 지내면서 주말에는 두 집 가족이 함께 올레 길을 걸으며 짧은 시간에 추억을 꽤 많이 쌓았다.

우리는 수다를 늘어놓으며 차를 마시고 희나는 스마트폰을 보며 강냉이를 먹었다.

"희나 씨가 강냉이를 좋아하네요. 나도 강냉이 좋아하는데…. 희나 씨, 나 강냉이 좀 먹어도 돼?"

수민 씨가 손바닥을 내밀었다. 희나가 강냉이 한 알을 거기 올려놓자, 수민 씨가 빵 터졌다.

"에이, 조금 더 줘 봐."

이번에는 아무 반응이 없었다.

내가 살짝 귀띔했다.

"우는 척해. 그럼 준다."

그리고 내가 시범 삼아 마른 울음을 울었다.

"강냉이 먹고 싶다. 에에에에."

과연 희나는 빛의 속도로 강냉이를 내 손에 투척했다.

"어머어머."

수민 씨 눈이 똥그래졌다.

'자기도 해 봐.' 내 눈짓에 수민 씨도 우는 시늉을 했다. 스마트폰을 보던 희나가 즉시 강냉이를 다시 투척.

희나는 울면 무조건 다 줬다. 양치를 안 하고 침대에 누웠을 때, 양치하라는 말 열 번보다 "엄마 울 거야"에 발딱 일어난다. 마지막 남은 홈런볼이 희나의 입에 들어가는 순간, "먹고 싶어, 에에에" 하면 당장 빼서 내 입에 넣어 준다.

울면 다 해 주는 게 참 신기하다는 내 말에 수민 씨가 답했다.

"아는 거죠. 자기도 속상할 때 울어 봤으니까."

헉!

"그럼 우리 희나가 공감 능력이 좋다는 거네."

"그렇죠."

헉!

공감 능력에는 생각이 미치지 못했었다.

소리에 예민한 희나가 우는 소리를 싫어해서 그러려니 생각했다.

교육학자 피아제와 콜버그는 아동의 도덕성 발달 이론으로 유명하다. 그들은 남자아이들과 여자아이들이 노는 과정을 지켜보고, 남자아이들은 놀이를 통해 도덕성을 발달시키지만, 여자아이들은 그렇지 못하다고 결론을 내렸다. 한 개의 장난감을 놓고 분쟁이 생기면 남자아이들은 각자 5분씩 가지고 놀기로 합리적인 룰을 만들어 놀이를 계속하는 반면, 여자아이들은 룰을 만들지 못하고 결국 놀이를 중단하는 현상을 그 근거로 들었다.

학계의 거두인 이 두 사람의 이론은 상당 기간 교육학의 정설로 신봉되었다. 그런데 캐롤 길리건이라는 여성이 등장하여 정설을 흔들었다.

길리건은 여자아이들의 놀이 방식이 남자아이들과 다른 것은 사실이지만, 그것을 도덕성 미발달로 보는 것에 이의를 제기했다. 한 개의 장난감을 놓고, 여자아이들은 분쟁

이대로 좋아

을 일으키지 않는다. 더 놀고 싶은 아이가 양보한다. "이제 내가 가지고 놀래"라고 했을 때 상대가 기꺼이 주지 않으면 더 놀고 싶은 아이가 참는다. 그러다가 더 참을 수 없게 되면 "나, 그만 놀래" 하고 일어서는 것이다. "자, 5분 됐으니 이제 내 차례야" 하는 것이 정의의 논리라면, 평화롭게 놀기 위해 양보하고 참는 것은 보살핌의 윤리인 것인데, 이 중 하나만 도덕성으로 규정하는 것은 편협하다는 것이다. 모름지기 도덕성 발달이라면 강자를 향해서는 정의의 논리를, 약자에게 는 보살핌의 윤리를 적용할 줄 아는 상황 판단까지 포함해야 한다는 것이 길리건의 이론이다.

TV를 볼 때 그 앞을 가려도 희나는 자기가 피해서 TV를 보았다. 한 번도 짜증을 내는 적이 없이 자기가 움직여서 TV 를 보았다. 끌끌, 저래서야 어떻게 세상을 살아가누. 그러나 희나는 평화롭게 보기를 원했던 것이다.

희나는 가족들이 화투 치는 것을 좋아했다. 둘러앉아 웃음을 터뜨리는 화투판이 좋았던 모양이다. 희나는 가족들이 평화롭게 놀기를 원했던 것이다.

여성은 남자에 비해 '부족하고 뒤떨어진다'는 안경을 낀 학자는 여자아이를 '발달장애'로 규정했다. '여자는 남자와 다른 것을 갖고 있다'는 안경을 낀 학자의 눈에는 '종류가 다

˚ 희나를 의심하며 바라볼 게
아니라 나를 의심하면서 희나를
바라보아야겠다. '다른 것'을 가졌을
뿐이라는 생각에서 나아가 '더 멋진
것'을 가졌을지도 모른다는 생각을
하면서.

른 발달'로 보였다. 어떤 눈으로 보느냐가 관건이다.

희나를 보면서 나는 '발달장애'라고 규정하는 소위 전문가들에게 합리적 의심을 품는다. 편견과 차별의 색안경에서 나온 소견이 아닐까. 그 색안경에 물들어 있는 게 아닌지 나에게도 합리적 의심을 품는다. 희나를 의심하며 바라볼 게 아니라 나를 의심하면서 희나를 바라보아야겠다. '다른 것'을 가졌을 뿐이라는 생각에서 나아가 '더 멋진 것'을 가졌을지도 모른다는 생각을 하면서 말이다.

> 66
> 아이에게서 멋진 것을 발견하는 순간은 부모에게 흔한
> 일이다. 그러나 장애라는 말에 갇혀 곧 자신이 없어진다.
> 발견한 멋진 것을 기록하라. 그걸 차별이 아닌 다름의 눈을
> 가진 사람들과 나누어 보라. 안 보이던 것들을 보게 되는
> 기적이 일어난다. 99

나사처럼 돌아가는 일기

　초등학교 1학년 때, 말은 한 음절도 안 하는 아이가 어느 날, 가나다라마바사아자차카타파하 글자를 또박또박 썼다. 사과, 배, 감, 포도… 발음은 못 해도 불러 주면 받아쓰기를 했다. 기가 막혔다. 반듯한 게 필체도 좋았다. 그런데 형용사나 동사는 글자를 쓰긴 해도 의미를 아는 것 같지는 않았다. 사실 글이라는 것은, 말이 먼저 있고 그 짝이 되는 형태를 표현한 것이기 때문에 말이 안 되면 글은 무의미한 것이라 여겼다.

　지금에 와서 생각해 보면 그것이 사인이었다. 아이의 적성이 오디오보다 비디오에 있음을 그때 알아챘어야 했는데 그러지 못했다. 아이가 정상이 아니라는 굴레에 갇혀, 의미

　　　　　　　　　　　　　　　　　　　이대로 좋아

도 모르고 쓰는 글자가 무슨 소용이랴 싶었던 것이다.

신기한 것은 잠시도 가만히 있지 못하는 아이가 글자를 쓰는 동안은 꼼짝하지 않고 책상에 붙어 집중한다는 것이었다. 무서운 것을 몰라 승용차 지붕 위에 올라가고 창문틀에 매달리는 아이, 잠시 잠깐의 평화와 안전을 확보하기 위해 글씨 쓰기가 필요했다.

중학교 2학년, 희나가 방바닥에 엎드려 공책에 글씨를 썼는데, 돋보기를 쓰고 봐야 할 만큼 정말 깨알 크기였다. 어떻게 이렇게 작게 쓸 수가! 자세히 보니 자신이 아는 모든 동물의 이름이었다. 이렇게 많은 동물을 알고 있었나? 학습용으로 나와 있는 벽에 붙여 놓은 동물 그림에서 본 것과 그간 그림책에서 본 것들이 총동원되어 있었다. 동물을 가리켜도 그 이름을 말하지 않던 애가, 그 밑에 동물 이름이 쓰여 있는데도 묵묵부답이던 애가, 글씨로는 꿰고 있는 거였다.

글자들이 모여 있는 꼴은 거의 원형이었다. 줄과 칸을 다 무시하고 글자를 이리저리 비뚤게 앉혀서 전체적으로 둥근 모양을 나타내고 있었다. 글씨들로 원을 하나 그려 놓은 것이었다.

그런데 왜 말은 못 하는 거지? 이 생각에 사로잡혀 그 또한 아이의 적성이 오디오보다 비디오에 있음을 가리키는 화살표라는 것을 깨닫지 못했다. 쓰기를 통해 말하기에 다가갈 수 있으리라고는 생각하지 못했다.

자발적 '공책'의 시대가 열린 것은 스물세 살, 서귀포로 이사 와서였다. 어느 날부터 매일 밤 공책 타령을 했다. 일기를 쓰겠다는 뜻을 희나는 공책이라는 키워드로 축약했다. 날싸와 요일을 어찌 아는지 딱딱 맞췄다. 날씨도 쏙 적고, 날씨에 맞게 자기 나름의 그림도 그렸다.

불러 주기가 시작되었다. 아이의 일과를 내가 생각해서 내용을 적게 했다. 받아쓰기를 겸한 일기 쓰기는 제법 재미가 있었다. 아이의 머릿속 서랍에 하루를 착착 개서 넣어 주는 것 같고, 뭔가 시키고 있는 것이 시간을 알차게 쓰는 것 같아서 만족스러웠다.

그러나 시간이 가면서 쉽지 않아졌다. 모르는 글씨는 써 주면 보고 따라 썼다. 문제는 속도였다. 잘 나가다가 갑자기 펜을 놓고 손으로 이마를 짚으면서 눈을 감으면 속절없이 시간이 갔다. 힘든가 싶어 그만하자고 해도 한 손으로 나를 못 일어나게 잡아끌면서 계속 고민하는 자세로 10분도 좋고 20분도 좋으니 고역이었다. 밤 9시가 넘어 시작된 공책이 11시가 넘어가도 끝나지 않으면, 졸음이 몰려오는데 엎드리지도 못하게 했다. "오늘은 제발제발!" 하면서 공책을 이어가던 어

이대로 좋아

느 날 마침내 내가 폭발하고 말았다.

"너, 도대체 왜 이래? 하지 마, 공책 하지 마!"

아이는 놀라서 울고 나는 악을 쓰는 바람에 뒷목을 잡고….

그렇게 공책의 시대는 끝났다.

그로부터 2년 후 공책이 부활했다. 처음에 쉬운 것 몇 개를 불러 주면 그다음부터는 자신이 채우는 현상이 나타났다. 치킨도 아닌 것이 어느새 '반반'이 되었다. 채워지는 내용은 엄마하고, 이모하고, 언니 오빠 이름, 센터 선생님들 이름, 정기 방문하는 치과, 한의원, 정신과 선생님 이름…. 진료를 하는 동안 책상 위의 명패가 머릿속에 스캔 된 모양이었다. 입으로는 안 나오지만, 머릿속 영상을 불러내 보이는 대로 그려 내는 것은 희나에게 쉬운 일이었다. 시각 적성의 발현이었다.

어느 날, 희나가 "오한숙희 엄마하고, 오진희 이모하고…"라고 우리 이름을 말하는 드라마 같은 일이 벌어졌다. 글로만 쓰던 것이 입으로 툭! 눈에 익은 것을 손으로 쓰기를 반복하면서 발음을 연습하는 것이 희나의 스타일 같았다. 그러니 매일 똑같은 내용을 쓴다 해도 그건 나사못처럼 앞으로 나가고 있는 셈이었다.

익힐 습習 자에는 새가 날기 위해서는 날갯짓 백 번을 한다는 뜻이 담겨 있다. 손으로 백 번을 쓴 다음에야 입으로 나오는 아이였던 것이다, 희나는.

> **"**
> 우선 아이를 관찰해야 한다. 관찰을 일주일 정도 기록해
> 보면 아이가 즐겨 하는 것이 한두 개 드러난다. 그것을
> '문'으로 삼아 함께 계속 들락거리다 보면 아이 스스로
> 나사를 돌리게 된다. 냉장고 문에 메모지와 펜을 부착하면
> 기록이 쉬워진다. **"**

이대로 좋아

우호적 무관심의 시대

'우호적 무관심.'

카페 이름이 우호적 무관심인 것을 보는 순간 나는 무릎을 쳤다. 바로 저거야, 우리가 원하는 것이. 자신들의 반사적 시선이 의도치 않게 누군가에게는 테러가 될 수 있음을 아는 사람, 우호적 무관심을 실천하는 사람이라야 지구촌 평등평화에 기여하는 진정한 '신인류'이리라.

자발어가 거의 없었던 희나는 혀가 굳기 전에 발음 연습을 해야 한다는 정설에 따라 다섯 살부터 언어치료를 받았다. 희나는 언어치료실을 매우 싫어했다. 전문가들은 이 고비를 넘겨야 한다, 지금 하지 않으면 나중에는 발음에 문제가 온다고 주장했다. 그러나 나는 중단했다. 어린 나이에 오만상을 찌푸린 얼굴로 살게 하고 싶지는 않았다.

언어치료를 다시 시작한 것은 중3 때였다. 역시 싫어하고 힘들어했다. 힘듦이 극에 달하면 선생님의 코를 주먹으로 내리쳐 '희나가 아니었으면 내 코가 클레오파트라보다 더 높았을 것'이라고 선생님이 농반진반으로 말할 정도였다. 그 무렵 희나는 뭔가를 강요받는 상황이 생기면 가족에게도 코를 가격하는 일이 잦았다.

"이러다가 아이 성질이 나빠지겠다. 착한 애가 오죽 힘들면 그러겠냐."

발달장애 비전문가인 우리 어머니는 단 한 번의 언어치료실 동행으로 중단을 조언하셨다. 좁은 방에 어른하고 단둘이 갇혀서 있는 자리가 얼마나 답답하고 긴장되겠냐, 하던 말도 막혀서 안 나올 판인데 같은 소리를 자꾸 반복시키니 기계도 아니고 얼마나 짜증이 나겠냐. 말을 하게 한답시고 말이 안 되는 일을 하고 있는 가방끈 긴 딸과, 그 딸을 어미로 둔 손녀를 안쓰럽게 바라보는 실전 양육의 베테랑인 어머니. 나는 고민했다. 미래를 위한 일이지만, 현재도 중요한 것이 아닌가. 이토록 고통스러워하는 일을 '너를 위해 준비했어'라고 밀어붙이는 것이 과연 부모의 도리일까.

고민하러 갈 별장도 없고, 취미가 없어 낚싯대를 드리우고 장고에 들어갈 수도 없고, 결론을 못 내린 채 치료실 갈 날은 빨리도 찾아왔다. 오늘은 제발 선생님이 코를 쥐고 나오시지 않기를 기도하며 40분을 보내는 것은 고역이었다.

큰애가 아홉 살 때 피아노를 "싫어!"라고 한마디 했을 때 나는 피아노 레슨을 당장 중단했다. 7년쯤 시간이 흘렀을 때 피아노에 미련을 보이며 "내가 싫어해도 뭘 몰라서 그런 것이니 억지로라도 시켜 주지 그랬냐!"고 할 때 나는 당당하게 말했다. "그때 피아노를 강제로 하게 했다면 너랑 내가 지금 사이좋을 수 있을까?" 우리는 합의했다. 그래, 피아노보다 모녀 관계가 더 소중하지. 더 중요한 것은 어린 시절이 뭔가를 억지로 해야 하는 고통으로 얼룩지지 않았다는 것이다. 그리고 자칫 원수로 기억될 수도 있었을 죄 없는 피아노도 아름다운 악기라는 본연의 의미로 아이의 마음에 존재할 수 있게 되었다.

아이가 싫다고 하면 나중에 후회가 들더라도 나는 당장 그만두게 할 자신이 있었다. 그런데 아이가 말을 못 하니….

희나는 싫다는 의사 표현을 제 언니보다 더 강력하게 하고 있었다. 치료실에 가는 동안 울었고, 출입구에서 안 들어가려고 했고, 선생님을 때리기까지…. 온몸으로 말하고 있는

데 나는 입으로 하는 말만 말이라는 고정관념에 사로잡혀 있었다. 아이가 장애라는 생각에 사로잡혀 아이의 어떤 표현도 그의 의사라고 여기지 않았던 것이다. 장애가 있으면 감정도 없는 것인가.

언어교육 세 번째 시도는 스물한 살이 되었을 때였다. 희나가 말하기에 관심을 보이기 시작해시였다. 사십 대 초반의 언어치료사는 역대급 최고령 학생이라며 반겼다. 둘은 케미가 좋았다. 역시 본인이 준비된 때가 적기구나 싶었다. 그러나 오래가지 못했다. 치료사에게도 엄마 노릇이 먼저였으니 딸이 입시생이 된 것이다.

'이따불리, 이띠띠', '징검지', '우오오', 사람의 소리도 동물의 소리도 아닌 희나만의 언어. 그러나 이제 가족들은 이해한다. '기분 좋아', '참고 있는 거야.' '화났어'라는 것을. 희나 나라의 언어를 학습한 것이다.

얄리얄리얄라셩, 아흐동동다리, 이야이야요 같은 의미 없는 후렴구들도 기분을 나타내는 것일 게다. 므흣하다(흐뭇하다) 같은 전도어, 알쓸신잡 같은 축약어가 쏟아지는 세상이다.

희나가 거리에서 혼잣소리를 내고 가도 MZ 세대들은 무반응이다. 이어폰을 꽂고 혼잣말을 하듯 통화를 하며 가고

이대로 좋아

있는 모습과 다를 게 없다.

또한 시대는 점점 문자와 카톡과 사진을 전송하는 것이 대세가 되고 있다. 뉘 집 딸의 카톡 프사 옆에는 이런 글씨가 쓰여 있다. '전화 잘 안 받습니다. 문자나 톡으로.' 말보다는 글씨와 이미지가 적성인 희나와 잘 맞는 시대이다. '개인주의자'라는 카페도 있다. 비교와 무한경쟁에 시달리는 젊은 세대들을 위하여, 너는 너 나는 나로 살자는 시대정신을 반영한다.

토드 로즈, 교육신경과학 분야의 선도적인 사상가로 평가되는 그는 중학생 때 주의력결핍 장애 판정을 받았지만, 독학으로 하버드 대학에 입학하고 박사가 된 경험을 바탕으로 《평균의 종말》이라는 책을 썼다. 평균이라는 허상에서 벗어나 개개인성 원칙이 중요한 시대가 도래했음을 이렇게 선언했다.

> "우리는 개개인성을 인정받고 싶어 한다. 진정한 자신이
> 될 수 있는 사회에서 살고 싶어 한다. 인위적 기준에
> 순응할 필요 없이 자신의 고유한 본성에 따라 자기
> 방식대로 배우고 발전하는 기회를 추구할 수 있는 그런
> 사회를 바란다."

개개인성을 존중하며 우호적 무관심이 '횡행'하는 시대, 희나가 살아갈 세상이다.

> " 오트리트, 이는 자폐를 뜻하는 오티즘autism과 휴식을
> 뜻하는 리트리트retreat의 합성어로 초미세 예민센서로 인해
> 세상의 모든 것이 자기를 공격하는 것으로 느끼는 사람들이
> 스스로 릴랙스 할 수 있는 조건이 조성된 공간에서 편안히
> 쉬는 것을 의미한다. 아이들이 상자 속이나 작은 텐트,
> 옷장 등에 들어가기 좋아하는 것도 안정감 때문이다.
> 아이가 버스나 급식소에서 스스로 고정석을 만드는 것을
> 문제행동으로 보아서는 안 된다. 아이는 딱 그 자리에서
> 안정감을 느끼기 때문이다. 아이가 싫어하는 장소는
> 적응시키려 들기보다 피하는 게 좋고, 아이가 좋아하는
> 장소는 주기적으로 방문하는 게 좋다. 카페, 친구 집, 공원,
> 놀이터 등 아이가 좋아하는 장소를 몇 군데 정해 놓고
> 순회하면 집 밖에서의 활동이 편안해질 수 있다.
>
> 맘 편한 가게 지도 https://m.blog.naver.com/happy-0930 "

뽀 뽀 뽀

마트에 가면 희나는 원하는 물건을 사기 전에 내게 뽀뽀를 한다. 분명 내가 금기시하는 물건을 사려는 시도이다. 내가 웃으면 다시 뽀뽀를 한다. 그러곤 "잘했어, 잘했어"를 연발한다. 나에게 그렇게 말해 달라는 뜻이다. 내가 포기의 웃음을 지으면 목표물을 챙긴다. 손흥민은 골을 넣고 세리머니를 하지만 희나는 골을 넣기 전후에 세리머니를 한다. 몇 번의 세리머니가 반복되고 마트를 나설 때면 얼굴은 흡족한 웃음으로 가득하다. 뽀뽀가 백지수표인 셈이다.

희나는 한 달에 두 번 정기적으로 병원에 간다. 신경정신과와 한의원이다. 신경정신과는 신경안정을 위해서, 한의원은 맥진을 통한 전반적인 건강 상태 체크를 위해서 다닌다. 병원 가기를 두려워하는 아이에게 편의점은 미끼였다. 어느 정도 익숙해진 다음에는 점차 편의점을 패스했다.

그날은 너무너무 사이다가 마시고 싶었던 모양이었다. 병원 7층에서 엘리베이터를 타고 내려오는 내내 아이는 잠시도 쉬지 않고 내게 뽀뽀를 해 댔다. 얼굴 전체에 점을 찍듯이 뽀뽀를 연발, 그것도 쪽쪽 소리까지 내면서.

병원들이 밀집해 있는 그 빌딩은 층마다 엘리베이터가 섰고 새로운 사람들이 들어왔다. 맹숭맹숭하기 짝이 없는 엘리베이터 안에서 우리를 발견한 사람들은 약속이나 한 듯 '이건 뭐지?' 하는 표정들이었다. 멀쩡해 뵈는 젊은 여성이 자기보다 키 작은 중늙은이 얼굴에 대고 주변의 시선에 아랑곳없이 뽀뽀를 해 대는 일은 누가 봐도 이상하다. 나 역시 민망하기 짝이 없다. 그러나 이럴 때 뽀뽀를 방어하거나 말로 달래려고 하면 아이는 괴성을 지를 것이고 더 이상한 시선이 꽂힌다는 것을 경험한 터라 그저 수동적 자세를 취할 수밖에 없다.

어색한 분위기의 엘리베이터가 3층에 섰다. 문이 열리고 칠십 대 초반으로 보이는 여성 한 분이 들어섰다. 좁은 공간에서 진풍경을 목격한 그분은 큰 소리로 한마디를 했다.

이대로 좋아

° 부탁하며 뽀, 행복할 때 뽀,
고마워서 뽀.
지금 이대로 나는 좋다.
틱도 필요하다.

"아이고, 엄마가 그리 이쁘냐? 늬 엄마는 복도 많다."

엄청난 반전!

"나는 자식이 넷이나 있어도 제 어미가 병원에 가는지 마는지도 모르는데…"

1층에 닿을 때까지 그분은 진심 나를 부러워하는 표정으로 우리 모녀에게서 눈을 떼지 않았다. 희나가 보동 애가 아니라는 것을 모르지 않으면서도 말이다.

긍정 반응을 몇 번 경험한 후로 나는 여유가 생겨 희나가 내게 뽀뽀할 때 그걸 바라보는 시선들을 관찰하기에 이르렀다. 나이 든 남자들은 대개 못 본 척한다. 십 대에서 삼십 대 초반까지의 젊은 남자나 여자는 이어폰을 꽂고 음악을 듣거나 자신들의 이야기에 집중하여 우리가 안중에 없다. 어린아이를 데리고 있는 젊은 엄마들은 '어머, 이상해'라고 얼굴에 쓰여 있다. 나이 든 여자들은 패가 갈린다. '오매, 키도 크고 인물이 저리 좋은데… 아깝네', '애 키우느라 고생이 많겠다'는 동정형이 있는가 하면 '우리 집안에도 이런 아이가 하나 있는데…'라며 한숨을 푹 쉬는 동병상련형, '어쩌다가 애가 저리되었소?' 하는 오지랖탐색형. 최근 들어서는 '부럽소이다, 아직도 자식을 곁에 둘 수 있다니…'가 점점 늘어나고 있다. '굽은 나무 선산 지킨다'는 위로조의 표현과는 사뭇 다른

이대로 좋아

감정이다. 독거노인, 고독사가 늘어나는 요즘 시대를 실감하게 된다.

언니와 내가 나란히 앉아 TV를 보며 낄낄대고 있으면 희나가 갑자기 뛰어와서 뽀뽀를 한다. '이 분위기 맘에 들어', 행복감의 표현이다. 저녁밥을 먹고 나서 뽀뽀를 하는 건 자기가 원하는 메뉴였다는 고마움의 표현이다.

희나를 걱정하는 사람들은 절대 뽀뽀를 못 하게 해야 한다고, 사회에서는 제 나이에 맞게 행동하도록 제지해야 한다고 말한다. 하지만 내 생각은 다르다.

부탁하며 뽀, 행복할 때 뽀, 고마워서 뽀.

지금 이대로 나는 좋다.

틱도 필요하다.

"

틱(반복적 움직임이나 소리)을 보디랭귀지로 보면
훌륭한 소통의 방식이 될 수 있다. 틱이 언제 나타나는지
관찰 기록하고 똑같이 해 보면 왜 그것을 하는지 이해할 수
있게 된다. 지금 희나는 '도와주세요', '행복해요',
'고맙습니다'라는 말을 할 수 있다. 뽀뽀할 때마다 뽀뽀 후에
그 말을 하게 한 결과이다. 짜증 내는 틱에는 그 틱을 하고
난 다음 '하기 싫어요'라고 알려 주었다. 지금은 틱 없이
'하기 싫어요'라고 한다.

어떤 틱은 실제로 사람의 신경계를 안정시켜서
편안하게 만드는 효과가 있다. 스포츠 선수들이
껌을 씹는 것이나 사람들이 다리를 떠는 현상도 자기만의
안정요법이다. 희나는 양 손가락을 반짝반짝하듯이 빠르게
돌려서 긴장을 푼다. 이걸 자주 하면 물을 한 컵 주거나
내가 개입해서 국면을 전환시킨다. 공공장소에 있을 때는
곧장 그곳에서 나온다. 지체하면 긴장도가 높아져서
소리를 지르거나 뛴다. "

이대로 좋아

희귀템 해피니스

어느 날 아침, 희나가 내 이불 속으로 쏙 들어왔다. 나보다 키도 크고 몸집도 큰 애가 아기처럼 내 품에 안겨 동그랗게 눈을 뜨고 나를 바라보았다. 콧김이 서로 느껴지는 거리, 희나가 입을 오물거렸다. 아주 작은 소리였다. 거의 립싱크 같은.

"엄마한테 할 말 있으면 해 봐. 괜찮아."

나는 눈을 피하고 대신 귀를 아이 입가에 갖다 대 주었다. 좀 더 편하게 말을 할 수 있도록. 드디어 아이의 목소리가 들렸다.

"짜, 파, 게, 티."

빵 터졌다.

절규보다 강한 속삭임. 그날 우리 집 아침밥은 영혼의 짜파게티였다.

'토닥토닥', '쓰담쓰담'. 이건 희나가 흥분했거나 뛰기까지 하면서 울 때 안정시키기 위해 끌어안고 하는 의례이다. 토닥토닥이라 말하며 등을 쓸고, 쓰담쓰담이라 말하며 머리를 쓰다듬는다. 빠져나가려고 할수록 더 꼭 끌어안고 작은 소리로 더 부드러운 손길로 반복해서 읊조리면, 몸에서 힘이 빠지며 우리는 서로의 어깨에 수양버들처럼 늘어져 기댄 채 토닥토닥과 쓰담쓰담을 반복한다.

이제는 내가 희나에게 수시로 해 달라고 요구한다. 희나는 한 번도 거절하지 않는다. 건성으로 할 때는 우는 척하면 다시 정성 들여 해 준다.

"토, 닥, 토, 닥."

"쓰, 담, 쓰, 담."

희나의 순수하고 다정한 손길이 얼마나 위로가 되는지. 말보다 깊은 대화가 우리에게 있다.

함께 샤워를 하고 나왔다. 제 몸을 다 닦은 희나가 갑자기 내 뒤로 오더니 내 등의 물기를 닦아 주기 시작했다.

"어머나, 우리가 자기에게 해 줬던 대로 해 주는구나."

이대로 좋아

감동하며 서 있는데 희나의 볼이 내 등에 닿는 게 느껴졌다. 눈에 보이는 물기가 다 사라진 다음에는 청진기 대듯 제 볼을 내 등의 이곳저곳에 대 보며 습기를 확인하는 것이다.

세상에 이런 보드랍고 자상한 타올 드라이가 존재하다니! 짜릿한 행복감. 희나의 마음에 나는 감전되었다.

집에 거의 다 왔는데 갑자기 소변이 급해졌다. 주차장에서 집까지 30미터도 안 되는데 걸음을 옮길 수 없을 정도였다. 문득 희나가 긴장을 풀 때 사용하는 틱이 생각났다. 두 손을 반짝반짝 별 동작으로 빠르게 돌리는 것이다. 신통하게도 급하던 소변이 딱 멎었다. 쉼 없이 반짝이를 하면서 집에 들어와 화장실까지 여유 있게 들어갔다. 신통하기도 하지. 희나 덕에 인간이 원래 갖고 있는 능력을 또 하나 발견했다.

언니와 내가 말다툼을 시작할 양이면 희나가 득달같이 달려온다. 제 손으로 내 입을 막는다. "그만그만!" 다급하게 말까지 하면서.

언니가 약을 올린다.

"네 입을 막지, 내 입은 안 막잖니. 누가 옳고 그른지 희나가 아는 거야."

나는 외친다.

"희나야, 제발 이모 입을 막아라. 그래야 분쟁이 끝난다."

목구멍까지 꽉 찬 말은 새 나가지 못한다. 희나의 손 마스크가 더 조여 오며 "안 된다"까지 외치는 통에.

언니는 완전한 판정승이 고소해서 웃느라 숨도 못 쉬고, 그런 언니 모습에 나도 웃음이 터지면 그때야 손 마스크 아웃, 불 끈 소방차가 쌩하니 돌아가듯 쿨하게 제 하던 일로 돌아가는 희나. 그 모습이 잦아들던 웃음에 다시 불을 지핀다.

"쟤가 그러겠다. 금방 싸우다 금방 웃고, 쯧쯧."

"그러게."

화해 정도가 아니라 완전 합의, 상황 대전환이다.

희나의 '다름'이 아니면 절대 느껴보지 못할 행복, 희귀한 행복이 우리에게 있다.

> **"** 아이를 존중하는 눈으로 보자. 아이에게서 배우기도 깨달음을 얻게도 된다. 불안한 눈빛이 아니라 감탄의 눈빛을 받는 아이는 자아존중감을 갖게 된다. 자해나 공격성이 완화되거나 사라진다. '당신들은 말해 줘도 모를, 그래서 거짓말 같은 행복이 내게 있소이다'라고 속으로 말하며 한껏 미소 지으라. 그래서 당당한, 심리적 독립이 온다. **"**

너의 삶을 응원해

10년 전에 비해 희나와 함께 사는 일이 훨씬 편안해졌다. 무엇 때문일까. 희나와 일상의 일거리를 나누어 하고 있기 때문이다. 희나는 빨래를 정리하는 것을 좋아한다. 건조기에서 빨래를 꺼내 큰 바구니에 담고 세 여자의 옷 서랍과 옷장에 정리한다. 설거지를 해서 건조대에 엎어 놓으면 희나가 마른행주질을 해서 찬장에 넣는다. 장을 봐 온 날은 냉장고와 냉동실에 분류해서 넣는다.

외출에서 돌아오면 마스크를 현관문 고리에 걸고 신발을 장에 넣는다. 자기 가방에 있는 것을 모두 꺼내서 있던 자리에 다시 둔다. 자신뿐이 아니다. 엄마와 이모에 대해서도 마스크, 신발, 가방 정리를 똑같이 한다. 외출복을 갈아입지 않고 의자에 걸터앉아 좀 쉬고 있으면 "옷 벗어요" 하고 독촉에 독촉. 벗지 않을 수가 없다. 한 겹씩 옷을 벗겨 세탁기에 넣은 다음 실내복을 가져다 입혀 준다.

마지막은 쓰레기 버리기. 분리수거장에 가서 음식물 쓰레기까지 싹 다 버리면 끝.

목욕하고 양치하고 잠옷을 갈아입고 "안녕히 줌세요."

하루가 간다.

산다는 게 무언가. 하루 세끼 밥 먹고 치우고 청소하고 양치하고 잠들고… 이렇게 살면 되는 것을.

정신과 전문의 정혜신 박사가 말했다.

"어느 발달장애 청년 화가가 자기 친구와 카톡을 나눈 걸 보여 줬는데, '밥 먹었어? 응. 밥 잘 먹어! 응'이었어요. 사람이 사는 데 이 이상 무슨 말이 더 필요하겠어요. 사실 이게 가장 중요한 말인데…"

장애가 있어서 그렇다는 게 아니다. 누구나의 삶에서 그렇다는 것이다.

세계에서 가장 금슬 좋은 부부로 뽑힌 영국의 노부부에게 비결을 물었다. 대답은 의외로 시시했다.

"아침에 일어나 굿모닝 입맞춤, 밤에 자리에 들 때 잘 자요 포옹 한 번이 다예요.”

그런데 평생 하루도 빼먹지 않았다는 것이 놀라웠다. 사소한 것을 매일 하는 것처럼 힘 있는 건 없다. 이것이 삶에서 가장 중요한 생활의 힘이다.

내가 희나의 언어치료를 중단할 때, 베테랑 언어 교사가 이렇게 말했다.

“어쩌면 어머니 선택이 옳으실지도 몰라요. 시간이 지나면 저절로 언어가 늘긴 해요. 생활연령이라는 것이 있거든요. 나이가 먹으면 그만큼 경험이 쌓이기 때문에 말이나 행동의 능력이 커지는 거죠.”

생활연령이라는 말이 내 마음에 콕 박혔다. 일상생활이 중요한 거구나. 집이 교육장이자 치료실이 될 수 있겠구나. 그래서 뭐든 직접 하게 했다. 못해도 잘했다고 하면서 계속하게 했다. 청년의 나이에도 구둣주걱으로 신발 뒤축을 세워서 신는 법을 모르거나 가족의 식탁에 수저를 놓아 본 적이 없는 경우도 많다. 아예 시킬 생각도 못 냈거나 시키다가 답답해서 에라 말자 했다는 것이다.

생활연령은 나로 하여금 희나를 일반학교 특수학급에서 특수학교로 전학하게 한 결정타였다. 특수학교는 일상생활 학습에 주력하는 시간이 넉넉했다. 옷을 벗어서 옷걸이에 걸고, 배낭형 가방을 의자 뒤에 걸고, 책상에 물건들을 정리하고. 희나가 갖춘 생활 능력은 거의 학교에서 반복 학습으로 몸에 밴 것이다. 학급 인원 여섯 명, 특수학교는 생활의 힘을 길러 주는 특목교였다.

희나의 장애 정도가 경계성이었다고 해도 나는 특수학교에 보냈을 것이다. 특수학교에는 넘치고 일반학교에는 딜리는 경우 일반학교를 택하는 경우가 많다. 비장애 아이들을 통해 더 배우고 성장할 가능성이 있다고 판단하기 때문이다. 그러나 학교는 이미 경쟁과 차별, 폭력과 왕따 등 위험 요소가 보편화되어 있다. 교사들 역시 입시와 성적에 신경을 쓰느라 여유도 없고 희나의 존재 자체가 부담스러울 수 있다. 일반학교에 다니면서 겪은 놀림과 괴롭힘, 자신을 바라보는 동정과 경멸의 눈빛들이 희나에게 가시처럼 박혀 고슴도치같이 될 것이고, 그 가시로 가까이 있는 사람과 자신을 찌르면서 힘든 학교생활을 할 것이 뻔했다.

희나가 만약 경계성이었다면 특수학교에서는 자신감을 만빵 키울 수 있었을 것이고 개인의 수준별로 수업을 하기 때문에 자신의 능력만큼 성장 못 할 바도 아니라고 생각한다. 인생 최고 밑천은 자존감이 아닌가.

이대로 좋아

어느 날 저녁 집에 왔더니 나에게 온 택배 박스를 희나가 풀어 놓았다. 언니가 퀴즈를 냈다.

"애가 뭘로 박스의 테이프를 끊었는지 맞춰 봐."

칼. 그러나 희나에게 직접 칼질을 하게 하는 일은 드물다. 두부나 도토리묵 등을 과도로 자르게 하는 정도이다. 테이프를 가를 만큼 날카로운 칼은 숨겨놓고 있었다.

"부엌칼?"

언니는 대답 대신 식탁 옆의 서랍을 열었다. 그러곤 와인 따개를 꺼내 보여 주었다. 용수철처럼 말린 철심으로 택배 테이프를 이렇게 깔끔하게 베었단 말인가?

"너, 이 옆에 칼이 접혀서 들어 있는 거 알았냐?"

세상에, 우리도 모르는 것을 어찌 알았을까. 우리가 보여 주는 것만 알 거라고 생각했는데…. 서른두 개의 나이테, 그 동그라미들 사이에는 우리가 모르는 것이 아주 많이 들어 있을 것이다.

한 해 한 해 생활연령이 가져다주는 생활력으로 하루하루를 살아 내는 우리 희나.

너의 삶을 응원해!

"
어려서부터 당사자의 의식주 활동에서 스스로 할 수 있는
부분을 늘려 주자. 반복되는 일상생활의 경험 속에서 말이
는다. '배고프니까 밥 먹어요', '화장실 갔다 올게요',
'옷 벗어요', 의식주 관련 제 앞가림 용어 마스터.
이어서 가족 공동의 일 중에 특정한 부분, 예를 들면
식탁에서 수저 놓기, 반찬 덜어 담기, 밥을 퍼서 나눠 주기
등에 조금씩이라도 참여시키고 익숙해진 것은 전담시킨다.
'잡수세요'(나눠 주기), '내가 할게요'(설거지)라고
말하게 된다. 일상생활을 학교와 교사로 삼자. "

이대로 좋아

우리, 희나

초판 1쇄 발행 2023년 6월 20일

지은이 오한숙희
표지 일러스트 핑미
펴낸이 이수미
편집 김연희
북 디자인 정은경디자인
마케팅 김영란, 임수진
종이 세종페이퍼   인쇄 두성피엔엘   유통 신영북스

펴낸곳 나무를 심는 사람들
출판신고 2013년 1월 7일 제2013-000004호
주소 서울시 용산구 서빙고로 35, 103동 804호
전화 02-3141-2233 팩스 02-3141-2257

이메일 nasimsabooks@naver.com
블로그 blog.naver.com/nasimsabooks
인스타그램 instagram.com/nasimsabook

ISBN 979-11-93156-02-5 03810

이 도서는 한국출판문화산업진흥원의 '2023년 우수출판콘텐츠 제작 지원' 사업 선정작입니다.